光文社文庫

文庫書下ろし／長編時代小説

番士 鬼役伝

坂岡　真

KOBUNSHA

この作品は光文社文庫のために書下ろされました。

『番士　鬼役伝』目次

尾張徳川家
上屋敷
早稲田村
江戸川
音羽
護国寺
至板橋宿
江戸川橋
大塚
巣鴨
赤城明神
御納戸町
石切橋
神楽坂
若宮八幡宮
切支丹坂
御薬園
日光御成街道
中山道
小日向馬場
牛込
御留守居町
牛込御門
番町
伝通院
小石川
田安御門
白山
水戸徳川家
上屋敷
駒込
清水御門
小石川御門
六義園
春日町
水道橋
千駄木
神田川
本郷
加賀前田家
上屋敷
道灌山
下谷茅町
(柳沢家中屋敷)
霊雲寺
根津権現
池之端七軒町
日暮里
神田明神
不忍池
鍛冶町
昌平橋
湯島天神
忍ヶ岡
昌平坂
弁天
筋違御門
明神下
池之端仲町
仁王門前町
東叡山
寛永寺
根岸
谷中
内神田
和泉橋
外神田
下谷広小路
佐久間河岸
神田佐久間町
下谷金杉町
豊島町
新シ橋
御徒町
下谷山崎町
通塩町
柳原土手
向柳原
左衛門河岸
三味線堀
広徳寺
下谷竜泉寺町
浄閑寺
横山同朋町
両国広小路
米沢町
元鳥越町
幡随院
猿屋町
甚内橋
茅町
浅草橋
阿部川町
新吉原
両国橋
柳橋
御蔵前片町代地
新堀川
日本堤
水戸家石揚場
一ツ目之橋
大川
元旅籠町
東本願寺
小塚原
回向院
首尾の松
御米蔵
御蔵前通り
御蔵前
浅草寺
日光道中
御竹蔵
御厩河岸之渡し
浅草広小路
奥山
浅草
山谷町
三ツ目之橋
駒形町
雷門
浅草観音
新鳥越橋
駒形堂
浅草
花川戸町
山谷堀
揚場
緑町
本所
南割下水
竹町之渡し
吾妻橋
今戸橋
今戸町
白鬚之渡し
竪川
源森橋
向島墨堤
三ツ目之橋
北割下水
源森川
小梅村
三囲稲荷
長命寺
木母寺
寺島村
北辻橋
大横川
法恩寺橋
新辻橋
業平橋
亀戸村
小梅村
四ツ目之橋
押上村
天神橋
十間川
柳島村
亀戸天神

天現寺
渋谷川
麻布新町
善福寺
四ノ橋
古川町
仙台坂
新網町
飯倉片町
六本木
氷川明神
市兵衛町
紀伊徳川家屋敷
元赤坂町
竹腰山城守屋敷
伝馬町
赤坂
平河町
井伊掃部頭
中屋敷
紀伊徳川家
上屋敷
赤坂御門
四谷御門
麹町
溜池
三ノ橋
二ノ橋
一ノ橋
中之橋
赤羽橋
芝車町
三田町
至品川宿
増上寺
葵坂
虎之御門
新シ橋
千鳥ヶ淵
半蔵御門
西之御丸
外桜田御門
千代田城
雉子御門
一橋御門
和田倉御門
南町奉行所
北町奉行所
幸橋
土橋
金杉橋
宇田川町
芝
浜松町
汐留橋
御門
数寄屋橋
呉服橋御門
常盤橋御門
神田橋御門
金杉川
三十間堀
銀座町
數寄屋町
竜閑橋
濱御殿
木挽町
京橋
一石橋
本町
今川橋
本材木町
本両替町
西本願寺
白魚橋
日本橋
楓川
魚河岸
大伝馬町
八丁堀
弾正橋
組屋敷
八丁堀
南茅場町
海賊橋
江戸橋
荒布橋
日本橋川
小網町
銀座
元大坂町
中之橋
亀島川
霊岸橋
稲荷橋
一ノ橋
新川
箱崎橋
松島町
鉄炮洲
高橋
二ノ橋
浜町
行徳河岸
箱崎川
浜町堀
高砂橋
佃島
霊岸島
豊海橋
箱崎町
永久橋
石川島
永代橋
今川町
万年橋
新大橋
御船蔵
佐賀町
上之橋
江戸湊
大島町
黒江町
緑橋
油堀
万年町
材木町
海辺大工町
西光寺
六間堀
永代寺
富岡橋
仙台堀
海辺橋
高橋
弥勒寺橋
弥勒寺
越中島
蓬莱橋
富岡八幡宮
霊巌寺
深川元町
亀久橋
小名木川
汐見橋
深川
洲崎
大船町
新高橋
扇橋
猿江橋
西
北
東
0
1km
猿江町
御材木蔵
大島橋
金座

幕府の職制組織

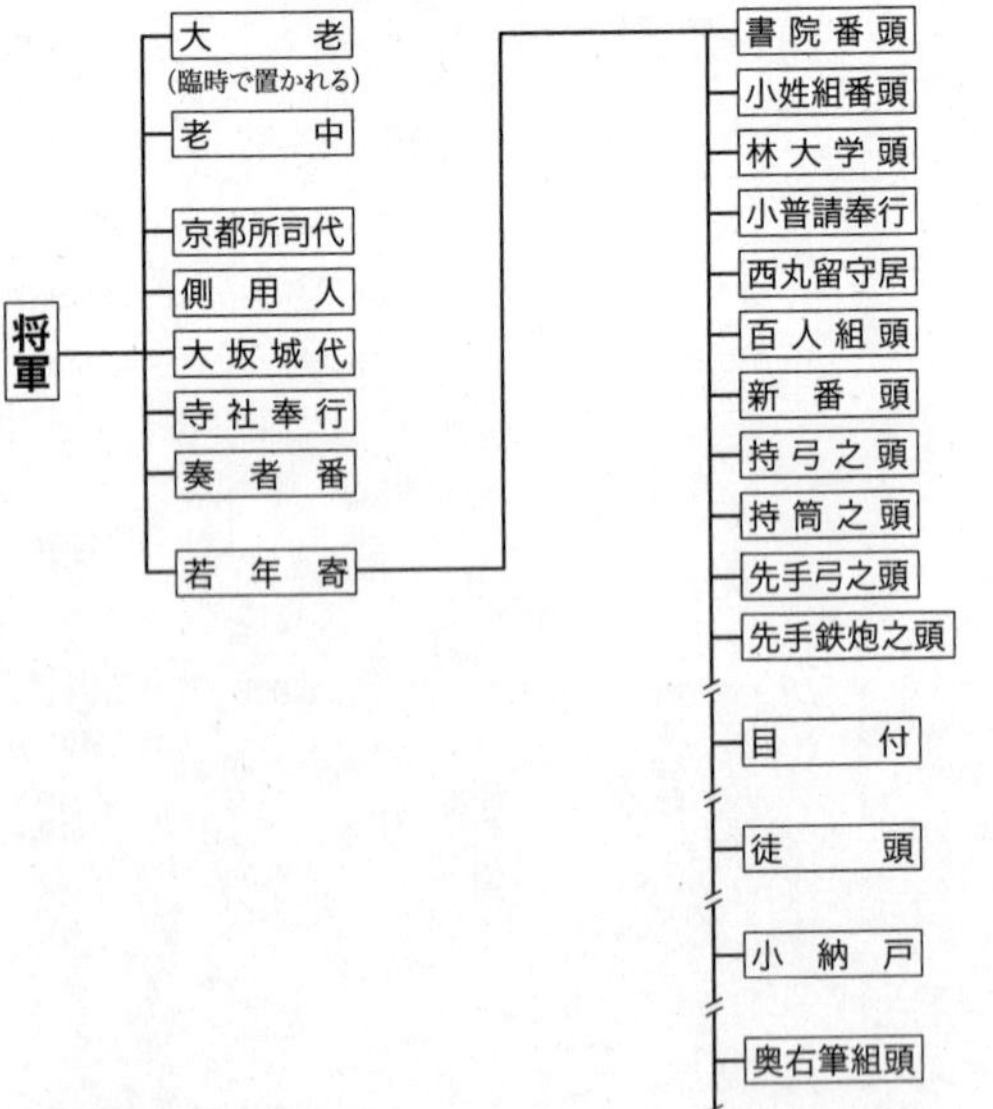
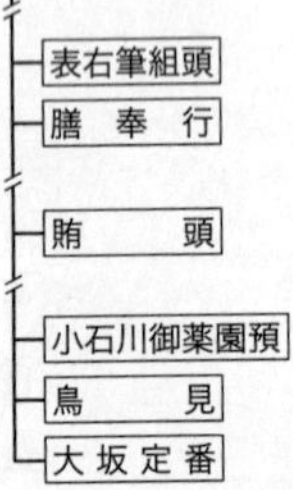
将軍
大老
(臨時で置かれる)
老中
京都所司代
側用人
大坂城代
寺社奉行
奏者番
若年寄
書院番頭
小姓組番頭
林大学頭
小普請奉行
西丸留守居
百人組頭
新番頭
持弓之頭
持筒之頭
先手弓之頭
先手鉄炮之頭
目付
徒頭
小納戸
奥右筆組頭
表右筆組頭
膳奉行
賄頭
小石川御薬園預
鳥見
大坂定番

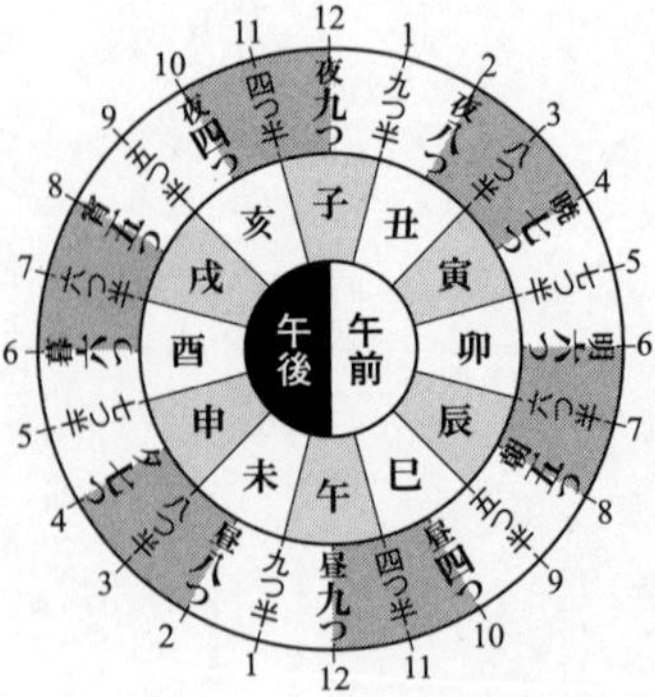
午前
午後
子
丑
寅
卯
辰
巳
午
未
申
酉
戌
亥
夜九つ
九つ半
夜八つ
八つ半
七つ
七つ半
六つ
六つ半
五つ
五つ半
昼四つ
四つ半
昼九つ
九つ半
昼八つ
八つ半
七つ
七つ半
六つ
六つ半
五つ
五つ半
夜四つ
四つ半
12
1
2
3
4
5
6
7
8
9
10
11

江戸の時刻(外の数字は現在の時刻)

千代田城図

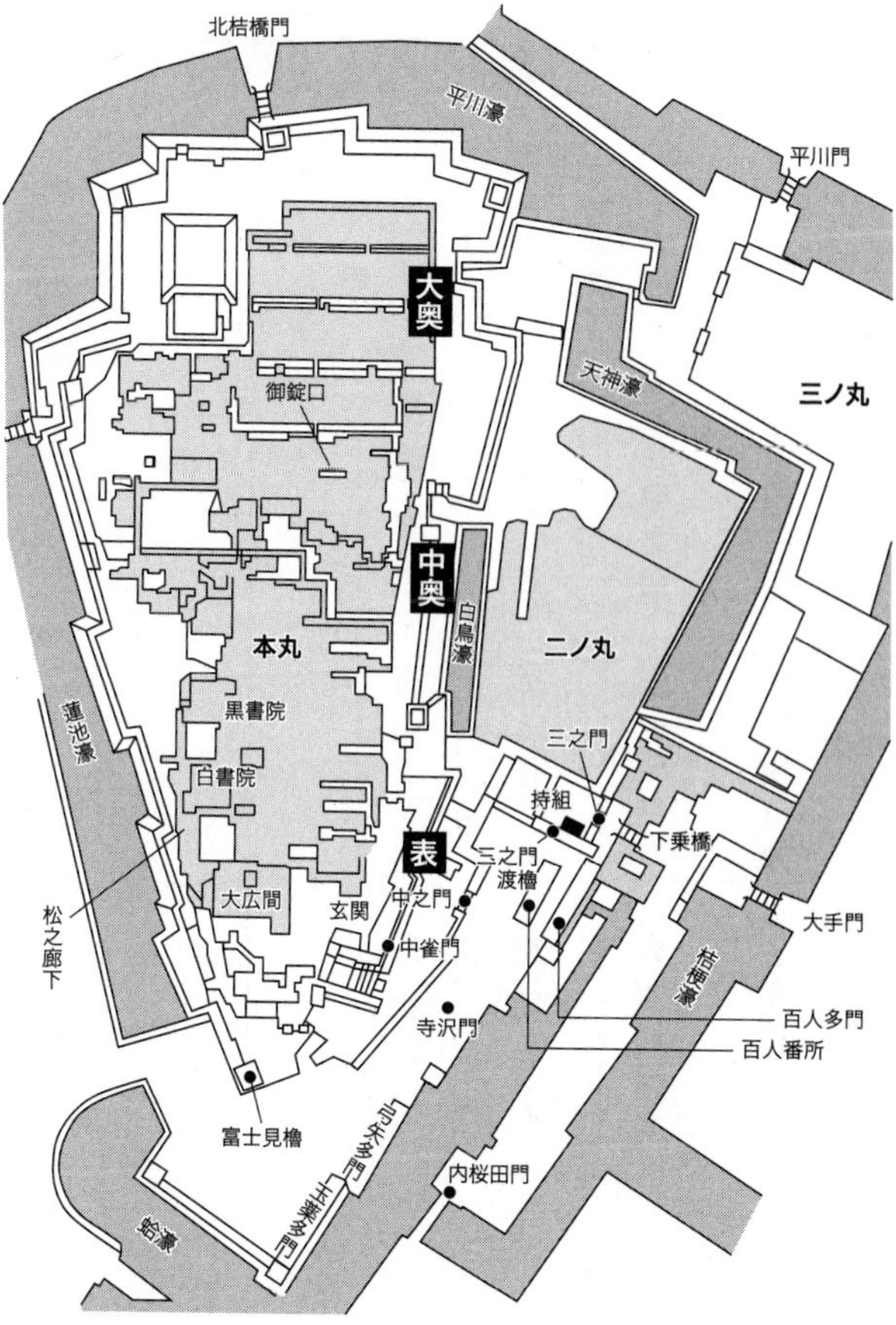

北桔橋門
平川濠
平川門
大奥
御錠口
天神濠
三ノ丸
中奥
白鳥濠
二ノ丸
本丸
蓮池濠
黒書院
白書院
三之門
持組
下乗橋
表
三之門
渡櫓
中之門
玄関
大広間
松之廊下
中雀門
大手門
桔梗濠
百人多門
百人番所
寺沢門
富士見櫓
弓矢多門
玉薬多門
内桜田門
蛤濠

持組にかかわる組織図

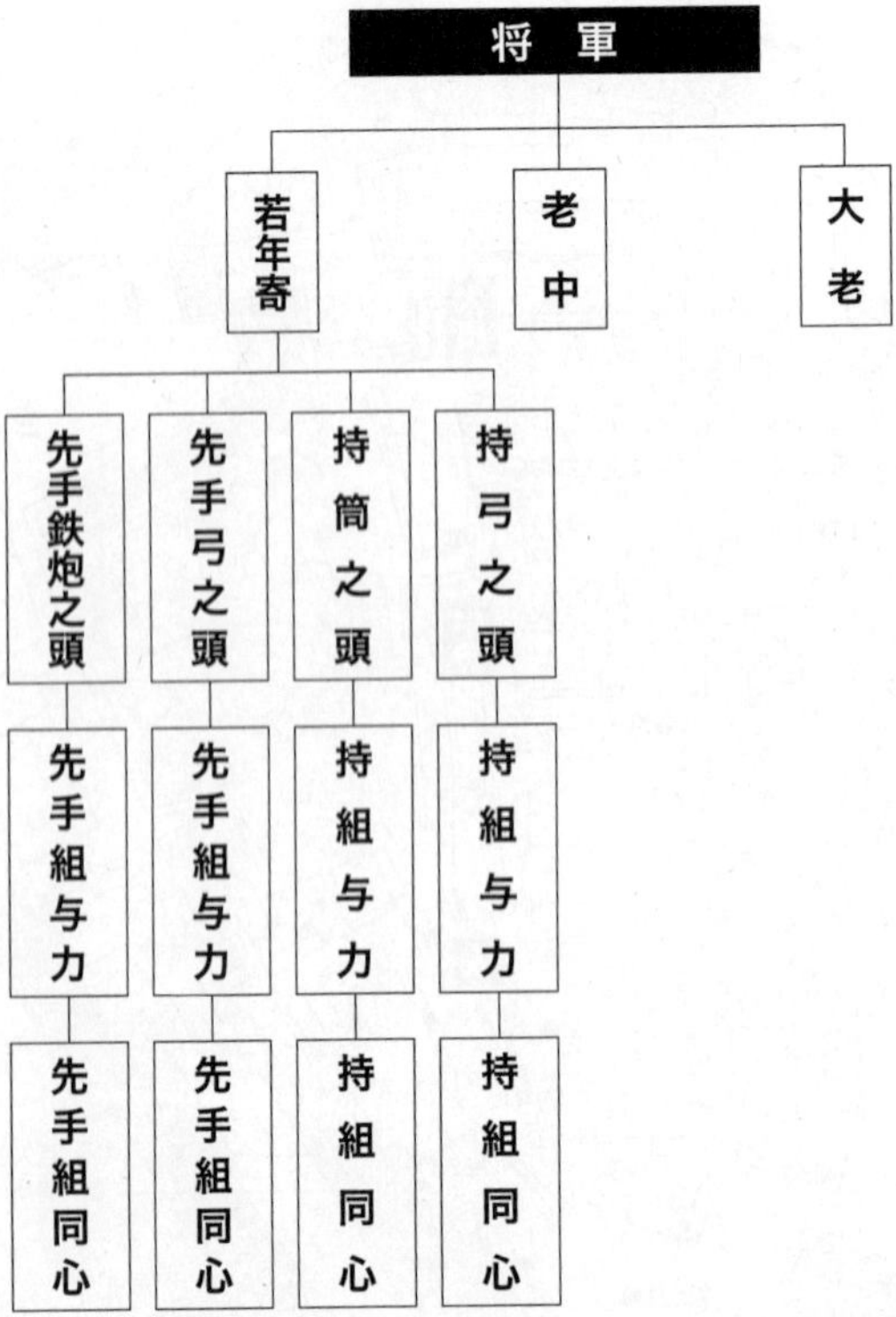
将軍
若年寄
老中
大老
先手鉄炮之頭
先手弓之頭
持筒之頭
持弓之頭
先手組与力
先手組与力
持組与力
持組与力
先手組同心
先手組同心
持組同心
持組同心

鬼役伝㈠

番士

堪忍袋《かんにんぶくろ》

一

元禄《げんろく》十六（一七〇三）年、如月《きさらぎ》五日。

――ごろっ。

虫出しの雷が遠くに聞こえた。

梅も見頃の季節になったが、千代田《ちよだ》城の城門を守る番士たちはいまだ余寒に震えている。

「大石《おおいし》が腹を切ったな」

同役の柏木丈太郎《かしわぎじょうたろう》に囁《ささや》かれ、伊吹求馬《いぶきもとめ》は顔もみずにこたえた。

「それがどうした」

「組の連中はみな、夜になったら泉岳寺《せんがくじ》へ詣でるらしいぞ」

大石内蔵助《くらのすけ》を筆頭とする赤穂《あこう》藩浅野《あさの》家の元藩士たちは、雌伏《しふく》の時を経て主君の仇《あだ》を討つという大願を成し遂げ、昨日、各々の預かり屋敷で潔く死んでいった。

幕府にとってみれば、仇討ちは許されざる「暴挙」にほかならず、中之門を守る持筒《もちづつ》組の同心《どうしん》たちも表立っては快哉《かいさい》を叫ぶことなど許されない。それでも、数々の辛酸《しんさん》を嘗《な》めさせられた赤穂浪士たちの存念におもいを馳せ、その忠心を賞賛し、最後に死に花を咲かせることで報われたと考える者は多かった。

「求馬、おぬしはどうする。泉岳寺へ詣でるのか」

「もう行った」

「えっ」

昨夜のうちに本郷《ほんごう》の組屋敷を抜けだし、高輪《たかなわ》の泉岳寺まで三里（約十二キロ）余りの道程を駆けに駆け、寺の壁をよじ登って寺領内に忍びこみ、月明かりを頼りに本堂裏手の墓所へ向かった。浅野内匠頭《たくみのかみ》の墓石を探すまでもなく、同じような風体《ふうてい》の軽輩《けいはい》が何人もおり、みな、線香をあげて両手を合わせると、たがいに軽く会釈《えしゃく》を交わしながら墓所の暗闇へと消えていった。

「わしは行かぬ」

蒼白《あおじろ》い顔の丈太郎は、口をきゅっと結ぶ。

「侍も町人も、誰もが浮かれておる。仇討ちをやった浪士たちの肩を持ち、吉良《きら》は討たれて当然だとおもいこんでおるのだ」

「めずらしいやつだな。おぬし、吉良を憐れむのか」

「とんでもない。居丈高《いたけだか》な高家肝煎《こうけきもい》りなど、討たれて当然だとおもう。ただな、仇を討って腹を切れば手放しで賞賛される、武士の鑑《かがみ》だと褒《ほ》められて神棚に祀《まつ》りあげられる、そんな風潮に首をかしげたくなっただけさ」

「ふうん」

丈太郎は一つ年下の二十二だが、妙に説教臭いところがある。わけのわからぬ禅問答を仕掛けてくることもあったが、唯一、組のなかでは気心の知れた話し相手だった。

「死をもって報われるのは腹を切った本人だけ、遺《のこ》された者たちは正直なところ悲嘆に暮れるしかない。そんなことは、求馬、おぬしがいちばんよくわかっておろう」

五年前、同じ持筒組の小頭《こがしら》だった父の忠介《ただすけ》は腹を切った。盗賊改《とうぞくあらため》の手伝いに駆りだされた折り、誤って野良犬を傷つけた組下の者が遠島《えんとう》になり、小頭として責を負ったのである。「あっぱれ伊吹忠介」と周囲は褒めたが、求馬は遺された母の多恵《たえ》とともに煮えきらぬおもいを抱いた。

野良犬ごときのことで、何故《なにゆえ》、城門を守る誇り高き番士が腹を切らねばならぬのか。あっぱれなどとは微塵《みじん》もおもわず、ただ、口惜《くちお》しさだけを募らせた。

のちに、野良犬を傷つけた事実はなかったものと証明され、組下の者は無罪赦《しゃ》免《めん》となった。伊吹家も改易《かいえき》を免《まぬか》れたが、求馬の気持ちはおさまらなかった。組のなかには「文字どおり、犬死にであったな」と、父の死を愚弄《ぐろう》する者たちもあった。そうした連中を斬り捨ててやりたくなったが、気丈《きじょう》な母に「自重《じちょう》せよ」と諭された。

やがて、消えぬ恨みは「犬公方《いぬくぼう》」と揶揄《やゆ》される将軍綱吉《つなよし》に向けられていった。幕府や藩に仕える下級武士たちは多かれ少なかれ、生類憐《しょうるいあわれ》みの令などという理不尽な幕命に不満を抱き、内心では二十有余年もつづく綱吉の世が終わることを望んでいる。赤穂浪士たちの「快挙」も、心底に渦《うず》巻く憤懣《ふんまん》の捌《は》け口を求める者たちにとっては、格好な演《だ》し物《もの》にすぎなかった。

――どん、どん、どん。

西ノ丸太鼓櫓《やぐら》の太鼓が鳴りはじめた。

求馬は正面の石垣を睨《にら》み、ぐっと気を引き締める。

幕閣《ばっかく》の重臣たちが登城する四つ（午前十時）までのあいだ、裃《かみしも》姿の諸役人らが間隙《かんげき》を縫うように中之門内へ殺到してくる。

五十人からなる番士たちは大番所のまえに整列して頭を下げたが、せかせかと先を急ぐ諸役人らはこちらに目もくれない。みな、息を弾ませている。なかには、倒れそうな年寄りも見受けられた。

諸役人らは大手《おおて》御門か内桜《うちさくら》田《だ》御門を潜《くぐ》り、小走りになって白砂の地を進み、下乗《げじょう》橋までやってくる。内濠《うちぼり》に架かった橋を渡れば、三方を多聞《たもん》に囲まれた千代田城最大の枡形《ますがた》内にいたり、譜代《ふだい》や外様《とざま》の大名ならばここで駕籠《かご》を降りねばならない。

さらに、諸役人らは三之門を潜って内に入り、横長の百人御番所を左手にみながら中之門を潜り、ようやく持筒組の守る域内までたどりつく。さらにこのさき、新門の手前を右手に折れ、急な石段を上って中雀《ちゅうじゃく》門を潜り、掃き浄《きよ》められた甃《いしだたみ》の道を進んで本丸《ほんまる》の玄関にいたるのである。

御三家の殿さまであっても、駕籠を使えるのは中雀門の手前まで、そこからさきはひとりで歩かねばならない。老中以下のお歴々《れきれき》はみな、三之門からさきは歩きでやってくる。

常日頃から鍛錬を積んでおかねば、重い大小を腰に差して歩きつづけるのは難しい。折り目正しく歩けぬようになったら、どれほど有能な人物であろうとも隠居を余儀なくされる。隠居の決め手は、おのれの屋敷から千代田城本丸の玄関口まで、まともに登城できるかどうかにあった。

もちろん、御目見得《おめみえ》以下の番方《ばんかた》同心に登城は許されていない。求馬は中雀門の向こうに建つ本丸御殿の造作《ぞうさく》を知らず、坤《ひつじさる》の方角に天守代わりの富士見三重櫓を仰いでは、いつも溜息《ためいき》ばかり吐《つ》いていた。

城勤めは気苦労も多そうだが、憧れがないと言えば嘘になる。一度でよいから御殿のなかを覗《のぞ》いてみたかった。浅野内匠頭が吉良上野介《こうずけのすけ》を傷つけた松の廊下はどうなっているのか、公方《くぼう》が諸侯《しょこう》諸役人と対面する白書院や黒書院の襖《ふすま》にはどんな絵が描かれているのか、あるいは、公方の御寝所などもある中奥《なかおく》はどのような配置になっているのか、興味は尽きず、想像を膨《ふく》らませるだけで一日が終わってしまうこともあった。

――どん、どん、どん。

登城を促す太鼓は、時を刻むように響いている。

諸役人らの影も途切れたころ、四十半ばの華やかな人物が重臣たちの先頭を切ってあらわれた。

身に纏《まと》うのは黒羽二重《はぶたえ》の熨斗目《のしめ》に鮫小紋《さめこもん》の裃、大老格《たいろう》の柳沢美濃守吉保《やなぎさわみのかみよしやす》である。

「へへえ」

吉保は公方綱吉から誰よりも気に入られているだけに、番士たちのお辞儀も一段と深くなる。

つづいてあらわれたのは、臼《うす》のような体軀《たいく》で眉の濃い人物だ。勘定奉行の荻原近江守重秀《おぎわらおうみのかみしげひで》。幕閣ではもっとも頼りにされているようだが、求馬からみれば、質の劣る金銀貨を世の中にばらまいた策士にほかならない。

さらに、荻原を重用している若年寄《わかどしより》の稲垣対馬守重富《いながきつしまのかみしげとみ》がつづき、ほかの若年寄や諸奉行たちもやってくる。総登城の日を除けば、登城順はうるさく問われない。老中のあとに若年寄や寺社奉行や町奉行などが登城することもままあった。

ただ、いつも最後尾から胸を反らしてやってくるのは、老中首座の阿部豊後守《あべぶんごのかみ》正武《まさたけ》と決まっている。齢《よわい》は五十五、綱吉の信頼は厚く、荻原の立案になる貨幣改鋳《かいちゅう》案を採用したのも、難しい赤穂浪士の一件を裁いたのも、阿部にほかならない。

その阿部が中雀門へつづく石段を上りはじめたころ、いつもとは異なり、中之門から最後にのっそりとあらわれた固太りの人物があった。

老中の秋元但馬守喬知《あきもとたじまのかみたかとも》、老中の序列では阿部豊後守につづく二番手。年齢は阿部と変わらぬはずだが、肉付きのよい丸みを帯びた面相のせいか、十余りも若くみえる。若年寄の在任が長く、阿部に遅れること十八年でようやく老中となった。苦労人であり、また好学の名君としても知られ、綱吉に儒学を指南したことも一度ならずあるという。

その秋元が何故か方向を変え、番士たちが横一列に並ぶ大番所のほうへ歩いてくる。

五間《けん》（約九メートル）ほどまで近づいて足を止め、疳高《かんだか》い声を発した。

「この組の束ねは」

突然の指名に泡を食った筆頭与力《よりき》が声をひっくり返す。

「はっ、与力の入江磯左衛門《いりえいそざえもん》はここに」

みなに「鯔《ぼら》」と綽名《あだな》された入江は、口をぱくつかせた。

秋元は小さくうなずいてみせる。

「ふむ、入江か。持之頭《もちのかしら》は誰であったかな」

「はっ、菊之間南敷居外にお詰めの大岩左近将監《おおいわさこんのしょうげん》さまにござりまする」

「おう、そうか。されば、大岩に伝えよ。持組から三人ほど、腕の立つ者を選んでおけとな」

「はっ、あの……」

「何じゃ」

「……い、いえ、ご命じの段、しかと承りましてござりまする」

「ふむ、頼んだぞ」

それだけ申しつたえると、秋元は袖をひるがえした。

入江は口をぽかんと開け、颯爽《さっそう》と遠ざかる老中の後ろ姿を目で追いかける。

鯔与力が阿呆面《あほうづら》になるのも無理からぬはなしだった。老中の命は上から下へもたらされる。本来であれば、命を下す者は若年寄でなければならず、若年寄は持頭たちを集めて老中の命を伝え、各々の持頭からさらに下へ通達されねばならない。

老中直々《じきじき》の命を下から上へあげろというのは強引すぎるはなしで、持頭のひとりにすぎぬ大岩が「手順がちがう」と臍《へそ》を曲げる恐れは大いにあった。

入江もその点を指摘したかったのだろう。だが、できずに遠慮した。ともあれ、手順を変えてでもこの場で命じておきたかったとするならば、秋元によほどの焦りがあるものと考えざるを得ない。

腕の立つ者を三人ほど選べとは、どういうことなのか。

近々に御前試合が催されるのかもしれぬと、求馬は勘ぐった。

番士たちのあいだから選《よ》りすぐりの腕自慢が集められ、公方着座のもとで勝ちぬきの申し合いをおこなう。綱吉の御代《みよ》になってからはとんと耳にしなくなったが、武士の荒ぶる魂を喚起させるのに、これほどふさわしい催しはほかになかろう。

「御前試合か」

口にするだけでも、胸が高鳴ってきた。

慣例では白書院の広縁《ひろえん》で催されるため、当然のごとく、挑む者たちは城内への出仕を許される。

ここは何としてでも、三人のなかに選ばれねばなるまい。

求馬は頼りない「鰡」の横面を睨み、ぎゅっと左右の拳を握りしめた。

二

持組の同心は三十俵三人扶持《ぶち》と、御家人《ごけにん》のなかでも最底の暮らしを強いられ、町人たちからは小莫迦《こばか》にされている。

本郷三丁目の裏通りにある同心長屋の連中も、内職をしないことには生活がなりたたない。手先の器用な者は傘張りや虫籠《むしかご》作りに精を出し、絵心のある者は碗や扇の絵付けなどに勤《いそ》しんでいる。

求馬はとりわけ手先が器用なので、柄巻《つかまき》の内職をせっせとこなしていた。狭い部屋には柄木地《つかきじ》や色とりどりの組糸がちらばり、くすねという貼り汁に使う松脂《まつやに》や菜種《なたね》油の匂いが漂っている。

一方、母の多恵は組紐《くみひも》の内職に熱中していた。

——かちゃ、かちゃ。

聞こえてくるのは、木の四《よ》つ打台《うちだい》に四つの組玉を交差させる際に生じる音だ。

多恵は絹糸を一糸ずつ丁寧に縒《よ》り締め、熟練の手捌《さば》きで綺麗な紐に組んでいく。組みあげるのは断面の平らな平紐と丸い丸紐、組み方は武具や法具《ほうぐ》や楽器などの用途に合わせて二百通りもあり、多恵は何年も掛けて徐々に組み方の手数を増やしてきた。

年端《とし は》もいかぬ頃から聞いているせいか、求馬は組玉がぶつかり合う音に安堵《あん ど》する。音が聞こえてこないと、母が居なくなってしまったのではないかと、今でも胸騒ぎをおぼえた。

「夕餉《ゆう げ》は鯵《あじ》の一夜干しとお揚げ入りの湯豆腐ですよ」

長屋に戻るなり、多恵が声を掛けてくる。

おもわず、口に涎《よだれ》が滲《にじ》んできた。

「あっ、それから好物の蕗《ふき》味噌、作っておきましたからね」

「母上、まことにござりますか」

ぱっと陽《ひ》が射したような求馬の顔を、多恵は嬉しそうにみつめ返す。

「旬ですからねえ」

ひとこと言い置き、四つ打台に向きなおった。

――かちゃ、かちゃ。

心地よい玉打ちの音に身を委《ゆだ》ねていると、表口に見知った顔の優男《やさおとこ》がやってくる。

名は利平《りへい》、池之端《いけのはた》に店を構える組紐屋の手代《てだい》だ。

「毎度どうも、山城屋《やましろ》にございます」

「はいはい、少しお待ちくださいね」

多恵は前垂れを外し、できあがった組紐の束を奥から運んできた。かなりの量があるので、求馬もいそいそと運ぶのを手伝う。

利平は組紐のできを確かめ、大きな風呂敷で荷を包んだ。

「いつもながら、丁寧なお仕事にございます。では、こちらをお預かりして、先回分のお代をお支払いいたしましょう」

懐中から財布を取りだして一分《ぶ》金を抜き、袖口からは銭緡《ぜにさし》でまとめた百文《もん》の束を三本ごろんと床に置く。

百文と銘《めい》打ってはいても、銭緡一本は「九六銭《くろくせん》」と呼ばれ、正確には九十六枚の銭しかない。手間賃として四文抜くのが習慣となっているので、九十六文が三本分で都合二百八十八文、つまり、一朱《しゅ》と三十八文になる。

全部ひっくるめて一分一朱と三十八文だなと、求馬は空で算盤《そろばん》を弾《はじ》いた。

半月程度の手間賃としては過分な報酬であろう。少なくとも、柄巻の倍以上は稼いだ勘定になる。多恵には感謝しなければならない。

「また、お願いいたします。多恵さまの組紐は、当店でも人気でございますゆえ」

利平は色悪《いろあく》の役者でもあるまいに、意味ありげな流し目を送ってくる。

「ちっ」

求馬は聞こえよがしに、舌打ちしてみせた。

なるほど、多恵は四十路《よそじ》のなかばを過ぎても色気を失っておらず、町人地を歩いていると振りかえる者も少なくない。求馬はそのたびに恥ずかしいやら、腹が立つやら、感情を制するのに苦労するのだが、今も利平の横面を張り倒してやりたくなった。

「それでは、失礼いたします」

利平は上がり端から素早く離れ、逃げるように去っていく。

「何を怒っているのです」

多恵は穏やかに諭し、四つ打台のほうに戻っていった。

夕餉までには一刻《いっとき》（二時間）の猶予《ゆうよ》があるので、求馬は鞘《さや》にはいった刀を手に提《さ》げて外へ出る。

毎日欠かさずに朝と晩、二千回ずつの素振りをおのれに課していた。

大縄地《おおなわち》の端には手頃な空き地があり、足早にそちらへ向かう。

——持組から三人ほど、腕の立つ者を選んでおけ。

耳に甦《よみがえ》ってくるのは、老中秋元但馬守の疳高い声だ。

大岩左近将監配下の持筒組、いわば「大岩組」の同心に拝領された大縄地は中《なか》山道《せんどう》のなだらかな坂道に沿って南北に細長く、八十坪から百坪単位で櫛歯《くしは》なりに分割されている。人別帳《にんべつちょう》に載せられた同心の数は五十五人、ほかに番医者や能役者などの名も見受けられるが、それは同心たちに家賃を払って拝領屋敷の一部を借りている連中だった。

一方、入江磯左衛門を筆頭に七騎からなる与力の拝領地も近くにあり、各々、二百五十坪から三百五十坪ほどの広さがある。持組は持筒組四組と持弓《もちゆみ》組四組の都合八組からなり、四谷《よつや》や牛込《うしごめ》のほうにも縄地はあった。八組の総数は与力約六十騎、同心約四百四十名である。

秋元に命じられた三名の腕自慢は、約五百名のなかから選抜しなければならない。選ばれるのは至難の業《わざ》におもわれたが、求馬にはあり余るほどの自信があった。

空き地の枯れ草が寒風に靡《なび》いている。

「わしを選ばずして誰を選ぶ」

片隅に佇《たたず》む馬頭《ばとう》観音に語りかけた。

野面《のづら》を見渡したところで人影は皆無だが、時折、丸々と肥えた野良犬が迷いこんでくる。我が物顔で近づいてきても、求馬は無視して精神の統一をはかった。

黒鞘から抜いた刀は父の形見、法成寺国光《ほうじょうじくにみつ》である。

焼き幅の広い平地には茶花丁子乱《ちゃかちょうじみだれ》の刃文《はもん》が浮きあがり、豪壮華麗な相州伝《そうしゅう》の特徴を備えていた。茎《なかご》を切断して一尺五寸に擦《す》りあげた本身《ほんみ》が贋作《がんさく》でなければ、まちがいなく好事家垂涎《こうずかすいぜん》の一振りであろう。

「ふっ、ふっ」

野良犬をみると自刃した父をおもいだし、心が千々《ちぢ》に乱れてしまう。

それでも、近頃になってようやく、みずからを明鏡止水《めいきょうしすい》の境地に導くことができるようになった。

「参禅のおかげだな」

昨年まではとんとご無沙汰していたが、今年になってから三日に一度、道灌山《どうかんやま》の近くにある禅寺で座禅を組んでいる。

青雲寺《せいうんじ》という名刹《めいさつ》の和尚《おしょう》は剣の師でもあった。妙なはなしだが、慈雲《じうん》という和尚は、もともと鹿島《かしま》神社の神官をつとめていた。神官でありながら鹿島新當流《しんとう》を極め、のちにおもうところがあって臨済《りんざい》宗の僧に転じたのである。

それゆえ、求馬が修めた剣術の根っ子は鹿島新當流にあったが、禅と関わりの深い無外《むがい》流の抜刀《ばっとう》術や山伏《やまぶし》の金剛杖《こんごうじょう》術《じゅつ》などが取りこまれており、誰もまねのできない一風変わった奥義《おうぎ》を修得することとなった。

まともに他流試合をしたことがないので、正直、おのれが強いのかどうかもわからない。

——おぬしは誰よりも強くなる。

そう励ましてくれたのは、誰あろう、慈雲のもとへ行かせた父であった。

番方《ばんかた》の子弟はたいてい、天下三大流儀とされる柳生《やぎゅう》新陰《しんかげ》流か小野《おの》派一刀《いっとう》流か東軍《とうぐん》流の道場へ通うのだが、へそまがりの父は我が子に敢えて他人とは異なる道を歩ませようとおもったらしい。

慈雲を師に選んだことが正解だったかどうかは判然とせぬものの、とりあえず、求馬は刀を使わずに気で相手を制する技を会得《えとく》していた。

——ともかく振れ。振るのみじゃ。

つまるところ、慈雲の教えはそれだけかもしれない。

振れば誰よりも強くなると信じ、求馬は今日も真剣を振りつづける。

「や、えい、は、と」

発せられる独特の気合いは、禊祓《みそぎはら》いの神官が使うものらしい。

大上段の構えも独特で、腰をどっしり落として両肘を張り、できるだけ切っ先を高く構える。袈裟懸《けさが》けは左右の腕を伸ばしたまま、鉈《なた》切りの要領で刀をぶん回す。

「えい」

一振りごとに旋風が渦巻き、ぶん、ぶんと野太い刃音が枯れ野に響きわたった。

火照《ほて》ったからだからは、湯気がむらむらと舞いあがっている。一見すると撫《な》で肩で細身にみえるのだが、裸になれば鞣《なめ》し革《がわ》を張りつけたかのごとき強靭《きょうじん》なからだつきをしていた。

二千回の素振りを終えて組屋敷へ戻ると、何やら露地裏が騒がしい。

物々《ものもの》しい装束の捕り方どもが道の両端を固め、迷いこんだ一匹の野良犬を捕まえようとしていた。かなり大きな茶色い犬だ。

「お犬さまを傷つけてはならぬ。慎重に、慎重にお連れするのだ」

偉そうに指図を繰りだすのは、目付《めつけ》配下の小人《こびと》目付であろう。市中を彷徨《うろつ》く

「人に荒い犬」の捕獲を課されているのだ。

持筒組の連中は遠巻きに眺め、捕り物には関わらぬようにしていた。

「触らぬ神に祟《たた》り無し」

誰かが囁いている。

野良犬は大勢に囲まれて興奮したのか、きゃんきゃん吠えながら逃げまわった。

「困ったな。このままでは埒《らち》が明かぬ」

どんと、誰かに背中を押された。

振り向けば、谷垣修也《たにがきしゅうや》という与力の息子が笑っている。

性悪《しょうわる》なひねくれ者の修也は、与力見習いの身分を鼻に掛け、小心者で真面目な同心をみつけては、悪仲間とともに陰湿ないじめを繰りかえしていた。向こうっ気の強い求馬はいじめられてはいないものの、目をつけられているのはわかっている。

「伊吹、おぬし、捕まえてこい」

「えっ」

「お犬さまに万が一のことがあったら、父親の二の舞になろうぞ。ふふ、早く行け」

父を小莫迦《こばか》にする輩《やから》は許せぬ。だが、与力の息子に逆《さか》らっても得にはならぬし、くだらぬ挑発に乗るでないと、母にも厳しく命じられていた。

求馬は仕方なく、露地のまんなかへ進みでる。

組の連中も捕り方らも、こちらに目を向けた。

逃げまわる犬をどうやって捕まえるのか、できるものならやってみろという眼差しでみつめている。

求馬は無造作《むぞうさ》に足を運び、犬まで五間ほどに近づいたところで踏みとどまった。

もちろん、刀は使わない。ぐっと腰を落とし、ただ、殺気走った犬の目を睨みつけるだけだ。

「くすん」

犬はすぐに押し黙り、金縛りにあったように動かなくなる。

まさしく蛇に睨まれた蛙、背後からそっと近づいた捕り方に首輪を掛けられ、立派な犬駕籠へと導かれていった。

「けっ、おもしろうない」

遠ざかる駕籠尻を目で追いかけ、谷垣修也がぺっと唾を吐く。

求馬に恥を掻《か》かせようとおもったのに、当てが外れてしまったのだ。

野次馬と化した連中も散っていくなか、頬を朱に染めた娘がひとり恥ずかしそうに近づいてくる。

柏木丈太郎の妹、咲希《さき》であった。

三

「お見事にございりました」

咲希は低声《こごえ》でそれだけ言い、丁寧にお辞儀をして去った。

近所に住んでいるので、幼い頃から知っている。洟垂《はなた》れどもの後ろに従《つ》いて、露地や空き地を駆けまわっていた時期もあった。ところが、いつの頃からか妙によそよそしくなり、おたがいに会話を交わすこともなくなった。

七つ年下なので、十六になったはずだ。唯一の友でもある丈太郎の妹ゆえ、挨拶くらいはする。だが、蛹《さなぎ》から蝶になった娘の変わりように、求馬はついていけない。近頃は「組屋敷に咲いた白百合《しらゆり》」などと噂されており、みちがえるほど美しくなった娘から唐突に褒められても、どぎまぎするしかなかった。

それでも、弾むような心持ちで家に戻ってくると、蕗味噌の匂いがぷうんと漂ってくる。

――くう。

腹の虫が鳴ったのを聞きつけ、多恵は夕餉の膳を支度してくれた。

鯵の一夜干しにお揚げ入りの湯豆腐、味噌汁の実は本所《ほんじょ》の棒手振《ぼてふり》がわざわざ売りにきた業平蜆《なりひらしじみ》だ。旬の蕗味噌を堪能《たんのう》するためか、いつもは朝にしか炊かないはずの白米も炊いてあった。

「いただきます」

感謝しながら手を合わせ、さっそく箸で蕗味噌を摘《つ》まむ。ほかほかのご飯に擦《なす》りつけて口に入れると、仄《ほの》かな苦味とともに、まろやかな旨味《うまみ》がひろがった。

何とも言えぬ感動に包まれるのは、寒い冬場を乗りきって雄々しく芽を伸ばす蕗《ふき》の薹《とう》にみずからを投影させているからか。一介の番士が世に出るためには、剣の力量を誰かにみとめてもらうしかない。求馬にも人並みの野心はある。うだつのあがらぬ城門の番士で一生を終わりたくはなかった。

「柏木さまのお嬢さま、ずいぶんお綺麗になったわねえ」

多恵はずっと屋敷にいたはずなのに、何故か、咲希のことを口にする。

仏頂面《ぶっちょうづら》で返事もせずにいると、組下の誰それは可愛い嫁を貰《もら》っただの、近いうちに見合いをするだのといった噂話をしはじめ、仕舞いには溜息を吐きながら「おまえも、そろそろ考えないとね」などと、詮無《せんな》いことを言う。

求馬は誰よりも奥手なので、異性のことを考えただけで平常心を失ってしまった。多恵は純朴《じゅんぼく》すぎる息子のことを案じているのだろう。

ふん、余計なお世話だ。

胸の裡《うち》で吐きすて、大粒の業平蜆や蕗味噌のことだけを考える。

母も気まずくなるとわかっているので、それ以上は嫁取りのはなしをしなくなった。

夕餉も終わり、すっかり辺りが暗くなった頃、誰かが木戸門を潜ってきた。

組下の同心十人をまとめる小頭、水田平内《みずたへいない》である。

組内でつけられた「泥鰌《どじょう》」という綽名どおり、戸の隙間《すきま》からぬらりとはいってくる。求馬より二十近くも年上で、鬢《びん》の白髪を染めていた。浅黒い顔にいつも笑みを絶やさぬのは、多恵に下心があるからだと、求馬は当て推量している。

「多恵どの、夜分に申し訳ござらぬ」

水田は図々《ずうずう》しく母の名を呼び、上がり端に尻を下ろす。

多恵は奥へ引っこみ、淹《い》れたての茶を盆に載せてきた。

水田は皹《ひび》だらけの手で茶碗を持ち、熱い茶をずずっと啜《すす》る。

「むう、美味《うま》い。さすが、多恵どのが淹れてくれた一番茶にござるな。ん、何やら春の香りが……これは、蕗味噌じゃな」

「よろしかったら……」

一膳どうぞ、と言いかける多恵を押しとどめ、求馬は水田の面前に膝を躙《にじ》りよせた。

「水田さま、いかがなされましたか」

「おう、そうじゃ。多恵どのに見惚《みと》れて、うっかり用事を忘れるところであったわ」

妻子もちゃんとあるのに怪《け》しからぬやつだと、内心で悪態を吐きつつも、顔には出さずにじっと待つ。

「今朝のこと、おぬしもおぼえておろう」

「えっ、何のはなしにござりましょう」

「入江さまが泡を食って、それこそ鯔になったはなしじゃ。ぬひゃひゃ、おもいだすたびに可笑《おか》しゅうて、腹がよじれてしまうわい」

泥鰌が鯔を笑っている。そんなことより、はなしの中身を早く聞きたくなった。

「まあ、焦るな。入江さまからさっそくお達しがあってな、腕自慢を組でひとり選ぶこととあいなった。まずは、小頭五人が適任とおぼしき者を一人ずつ推挙し、同心五人で申しあいをおこなう。わしはな、おぬしを推挙しようとおもうておる。さきほどもみておったぞ。睨みひとつで、お犬さまをも黙らせおったな。さようなことができるおぬしならば、かならずや、わしの顔も立ててくれよう」

「ありがたきおはなしにござります」

求馬は床に両手をつき、心の底から感謝の意をしめす。

「喜ぶのはまだ早いぞ。まずは、五人の頂点に立たねばならぬ。しかるのちに、与力の方々が推挙する一人と対決し、どちらか強いほうが選ばれるという段取りじゃ」

「お待ちを。与力の方々が推挙なさるなかには、見習いのご子息もふくまれるのでしょうか」

「無論じゃ。選ばれるのはおおかた、谷垣さまのご嫡男《ちゃくなん》であろう」

背中を押した修也にほかならない。

「何せ、ご嫡男は小野派一刀流の免許皆伝じゃからな。与力の方々は面倒な申しあいなどせず、最初から谷垣修也さまを推挙なさろうとした。ところが、鯔が……いや、入江さまが待ったをかけられたのじゃ」

老中直々の命を上にあげたところ、持之頭の大岩左近将監は怒髪天《どはってん》を衝《つ》く勢いで怒りあげ、さっそく差配役である若年寄の吉倉河内守昌謙《よしくらかわちのかみまさかね》に伺いをはかった。

吉倉は自他ともに認める秋元但馬守の右腕、秋元の意図は従前より把握しており、西ノ丸の屋敷へ大岩以下八人の持頭を呼び寄せるや、剣の技量のみを問えという秋元のことばを伝えたのだという。

「剣の技量のみを問え、でござりますか」

「さよう、身分の差は問わずということじゃ。されば、掛け値無しに組で一番強い者を選ばねばなるまい。求馬よ、おぬしの父は組で一番の遣い手じゃった。ゆえに、おぬしもたいそう強かろうと、誰もが秘かにおもうておる。されど、おぬしは幼き頃から禅寺へ出されたゆえ、まことの力量を知る者はおらぬ。これは好機ぞ。番士風情が世に打ってでる好機など、容易《たやす》く訪れるものではない」

「はっ」

「されどな、たとい谷垣修也を負かしたとしても、まだそのさきがある」

八つある持組から代表者が一名ずつ出てくるので、勝ちあがって上から三人までにはいらねばならない。

「持組五百人のなかで一番になるつもりで挑まねば、勝ちあがることはできまいぞ」

「まこと、仰せのとおりにござります」

「ふふ、熱くなるな。いまだ何ひとつはじまってはおらぬし、日取りすらも決まっておらぬのだ。それに、ご老中が何のために腕の達者な者たちを集めようとなさるのか、肝心なところがわからぬ」

それもそうだと、求馬はおもう。

水田は眉間《みけん》に皺《しわ》を寄せ、浅黒い顔をぬっと近づけてきた。

「持組のみならず、先手《さきて》組や徒《かち》組にも同じ命が下されたそうじゃ。そればかりか、大番組を筆頭とする五番方《ごばんかた》の御旗本衆にもお声が掛かっておるとか」

「五番方にも」

ごくっと、求馬は唾を呑みこんだ。

精鋭の五番方には遣い手がいくらでもいる。挑む壁としては高すぎ、想像しただけでも武者震いが止まらなくなった。

「噂によれば、近々、御前試合が催されるらしい。上位になった者たちは、上様の警固《けいご》役に抜擢《ばってき》されるとか。それも、ただの警固役ではないぞ。つねのように、死を覚悟せねばならぬほどのお役目じゃ」

「命懸けのお役目にございますか」

求馬は眸子《まなこ》を爛々《らんらん》と輝かせ、水田はさらに煽《あお》りつづける。

「そうじゃ。幕臣なら誰でも、命懸けで上様にご奉公したいと願うておろう。されど、われらがそうした機会にめぐりあうことはない。御側《おそば》にお仕えして手柄をあげ、上様のお目に留まれば、ごぼう抜きの出世も夢ではないぞ。ひょっとしたら、御家人身分を返上できるやもしれぬ」

「……ご、御家人身分を返上でございますか」

「旗本になるということじゃ。のう、さような機会は、まんにひとつもなかろうぞ。求馬よ、とにもかくにも、準備万端怠《おこた》りなきようにな。いつなりとでも上様に命を捧げたてまつる気構えでおれ」

「はっ、かしこまりました」

「ふむ」

水田は満足げにうなずき、尻を持ちあげた途端、ぎくっと腰を捻《ひね》る。

それでも、多恵には弱味をみせまいと、辛そうな顔ひとつしない。

「されば、多恵どの。美味い茶を馳走《ちそう》になり申した。いずれまた」

中途半端に頭を下げ、片足を引きずりながら去っていく。

「不吉な予感がいたします」

多恵はそばに正座し、厳しい口調で言った。

「お断りしたほうがよいのではありませぬか」

ほかのことならいざ知らず、これぱかりはしたがうわけにいかない。

「ご心配は無用に願います」

求馬は雪駄《せった》を履き、木戸門の外へ飛びだした。

空には月も星もなく、冷たい風が吹いている。

——うおおん。

風に乗って、山狗《やまいぬ》の遠吠えが聞こえてきた。

表着は綿入れ一枚だが、寒くも何ともない。

「この伊吹求馬が……」

かならずや、番士の頂点に立ってくれよう。

「……みておれ」

溢《あふ》れんばかりの熱情を持てあまし、求馬は隣近所も驚くほどの大声を張りあげた。

四

翌日は非番でもあり、朝餉もそこそこに屋敷を出た。

霜の張った道を踏みつけ、駒込追分《こまごめおいわけ》へ向かう。

めざすさきは臨済宗の名刹、青雲寺であった。

駒込追分は右手の日光御成《にっこうおなり》街道と左手の中山道を分ける起点だが、迷うことなく右手の道をたどり、鰻《うなぎ》縄手の梅林を楽しみつつ、駒込肴町《さかなまち》のさきで四つ辻を右手へ曲がる。さらに、四軒寺《しけんでら》と呼ばれる寺町の狭間《はざま》を足早に抜け、世尊院《せそんいん》の門前を過ぎて千駄木《せんだぎ》の団子《だんご》坂を下り、藍染《あいそめ》川にぶつかったところで左手に折れた。

そこからさきは川沿いの田圃《たんぼ》道をひたすら歩き、下駒込《しもこまごめ》村の蛍沢《ほたるさわ》、南久保《みなみくぼ》と通り過ぎて右手の新堀《にっぽり》村へ、しばらく田圃のただなかを進めば、青雲寺へたどりつく。

幼い頃から通った道筋ゆえ、迷うことはない。途方もないほど遠くに感じた道程も、今はひとまたぎでたどり着けるような気がした。

すぐ近くの道灌山は虫聴《むしきき》の名所、南門の崖上には二本松の大木もある。道灌山の麓《ふもと》にある与楽寺《よらくじ》は六阿弥陀詣《ろくあみだ》での巡礼先、桜の名所としても知られており、季節になれば行楽客で賑《にぎ》わうところだが、平常は閑寂《かんじゃく》としていた。

今日は座禅を組みにきたのではない。おのれの力量を知るためにやってきた。

そのためには、剣の師である慈雲に立ちあってもらわねばならぬ。じつを言えば、十五のときから、ただの一度も手合わせしてもらったことがない。必要ないと言われつづけてきたのだが、そういうわけにはいかなかった。

山門を潜り、掃き浄められた甃《いしだたみ》を歩いていると、心が洗われたような気分になる。座禅を組む道場の入口には「看脚下《かんきゃっか》」と墨書された板が立ててあり、求馬は脱いだ草鞋《わらじ》を揃えるとともに、心に浮かんだ雑念を振り払うべく瞑目《めいもく》した。

目を開けて道場に踏みこむと、参じるのを予期していたかのように、師の慈雲が佇んでいる。

「参禅か」

「あ、はい」

「迷いがあるな、申してみよ」

「じつは、お師匠に一手指南していただきたくまいりました」

「ほう、拙僧《せっそう》に木刀を持てと申すか」

「それがしは、みずからの力量を知りませぬ」

「自分がどれほど強いのか、験《ため》してみたくなったというわけじゃな」

「いけませぬか」

棘《とげ》のある声で抗《あらが》うと、慈雲は三白眼《さんぱくがん》に睨みつけてくる。

「時時《じじ》に勤めて払拭《ほっしき》せよ」

豁然《かつぜん》と、言いはなった。

日々禅の修行を怠ってはならぬとの教えである。

小柄な体軀《たいく》が倍にも大きくなったように感じられた。

「それこそ、煩悩《ぼんのう》の犬になりさがった者の欲心じゃな。禅寺の道場は木刀を打ちあう場ではないぞ」

「承知しております」

「いいや、わかっておらぬ。いかに剣の形をおぼえ、剣理や剣技を習得したとて、心がともなわねば何の役にも立たぬわ。問われておるのは、禅心の深さじゃ。剣の力量は、おのずとそれに呼応する」

何度となく聞かされた教えだ。厳しく諭されるであろうことは承知していたし、言い返すことばも携えてきたのだが、いざ面と向かうと黙りこむしかなくなる。

慈雲は奥に引っこみ、しばらくすがたをみせなかった。

ぴんと張りつめた静けさのなか、求馬は途方に暮れたように待つしかない。

ふと、気づけば、慈雲が眼前に立っていた。

左右の手に木刀を提げており、黙って一本を寄こす。

つぎの瞬間、木刀の切っ先が鼻面に伸びてきた。

――ひゅん。

仰《の》け反《ぞ》って躱《かわ》しつつ、斜め下から片手打ちに払う。

慈雲の身には掠《かす》りもしない。

――燧石《ひうちいし》を打つのと火が出るのは同時。沢庵《たくあん》和尚の教えにある石火《せっか》の機《き》とは、心をひとつところに留《とど》めぬこととなり。

師は喋《しゃべ》らずとも、師の教えが脳裏に閃光《せんこう》となって浮かぶ。

――身は流動して滞らぬこと。

慈雲はすっと間を詰め、木刀を突きだしてきた。

これを払おうとして空《くう》を切り、求馬はたたらを踏みそうになる。

すかさず、羽がふわりと舞いおりるように肩を軽く打たれた。

「ぬうっ」

求馬は顔を持ちあげ、胴打ちを狙う。

慈雲はひらりと躱し、五間向こうに遠ざかった。

額や眦《まなじり》に刻まれた皺をみればわかる。齢は還暦を過ぎていよう。だが、身のこなしは還暦のそれではない。へなへなと頼りないようにみえて、いざというときは一本すっと芯が通ったようになる。

――八風吹けども動ぜず。宮本武蔵《みやもとむさし》が体現した巌《いわお》の身《み》は、対峙《たいじ》する相手よりも覇気《はき》に勝るべきことを説く。覇気に勝るとはすなわち、死を覚悟することなり。

求馬は雑念を払うべく、首を左右に振った。

「ぬおっ」

木刀を右八相《はっそう》に構え、だっと板を蹴りつける。

袈裟懸けに打とうとするや、慈雲のからだがその場で独楽《こま》のように回転しはじめた。

いや、そうみえただけかもしれない。回転しているのか止まっているのか、もはや、それすらも定かではなかった。

――三世古今、始終当念を離れず。

伊藤一刀斎《いとういっとうさい》の唱えた夢想剣《むそうけん》の剣理が浮かんでくる。

――相手に動きの痕跡をみせぬが肝要《かんよう》。
突如、木刀の切っ先が迫り、ぶわっと眼前で膨れあがった。
――鳥王剣《ちょうおうけん》なり。
無外流の奥義である。
立ち惚《ほう》けていると、つんと手首に触れてくる。
突きに気取《けど》られた隙に、手首を落とされたのだ。
「ぬうっ」
小莫迦にしているのか。
口惜しさが腹の底から迫《せ》りあがってくる。
求馬は両足を撞木足《しゅもくあし》に開き、木刀を大上段に振りかぶった。
「やっ、えい」
大きく一歩踏みだしながら渾身《こんしん》の力を込め、木刀を真上から振りおろす。
慈雲は後方へ離れず、逆《さか》しまに懐中へ飛びこんできた。
――敵刀我肋《あばら》一寸を切りかかるとき、我刀早くも敵の死命を制するなり。
相討ち覚悟で敵中に飛びこむ肋一寸、脳裏に閃《ひらめ》いたのは新陰流の剣理だ。
――一心不乱に行住坐臥《ぎょうじゅうざが》、脱落身心の境地に到達せねば、肋一寸の極意は得難きことと心得よ。

喉《のど》を突かれ、腹を斬られ、仕舞いには心まで裂かれてしまう。

肉体の痛みは毛ほどもないのに、正直、求馬は立っているのがやっとだった。

荒い息を吐きながら、切っ先の震える木刀を青眼《せいがん》に構える。

——拍子を知れ。五感で兆しを察するのじゃ。

剣は交えずとも、慈雲は何年もかかって、さまざまな流派の奥深い剣理を叩きこんでくれた。そのひとつひとつを身に染みこませることこそが、求馬に課された修行だったのかもしれない。

慈雲は木刀を右手にだらりと提げ、ふらふらと蹌踉《よろ》めきながら近づいてくる。

切っ先の届く間合いで足を止め、腰の高さで無造作に木刀を横に払ってみせた。

——万法帰一刀。

自鏡《じきょう》流の居合を取りこんだ無外流の奥義であろう。

刃音に脅《おび》えて逃げる敵を追いもせず、愚者のごとく見送る。万法帰一刀《まんぽういっとうにきす》とは、力無き敵は斬らずに逃がしてやる仁の剣であった。

——つまるところ、禅は無の一字に帰する。剣とて同じ、みずからを常のごとく、無の境涯に置かねばならぬ。

とうていかなわぬと察するや、師の発する生の声が聞こえてきた。

「形と技に関して申せば、すでに、おぬしは名人の域に達しておる。されど、弱い。あまりに弱い。強くなりたければ、おのれの弱さを知ることじゃ」

「はい」

「修羅《しゅら》の道を進まんとするならば、呵責《かしゃく》無く殺人刀をふるう覚悟を決めねばならぬ。師に逢いては師をも殺し、親に逢いては親をも殺し、仏に逢いては仏をも殺す。それが臨済禅師の教えじゃ。わかるか」

「はい」

何故か、とめどもなく涙が溢れてきた。

不甲斐《ふがい》ない自分への悔し涙であろうか。

いや、そうではない。やはり、父には人をみる目があった。慈雲の真髄に触れたことで、幼い頃からおのれひとりで営々と積みかさねてきた修行が報われたようにおもえたのだ。

「易経《えききょう》には三百八十四通りの卦《け》がある。最後からひとつ手前は既成。すなわち完成のことじゃ。されど、つぎに待つ最後の卦は未済《みさい》じゃ。いまだ成らず。一度完成したとおもったものが、すぐさま、壊れて混沌《こんとん》に立ちもどる。その繰りかえしが人生というものかもしれぬ。今日で修行は終わりじゃ。おぬしがこののち、死のうと生きようと、わしは一切関知せぬ。さあ、行け。修羅の道を進むと申すなら、二度と寺の山門を潜るでないぞ」

求馬は深々とお辞儀をし、後ろもみずに道場を去った。

朝陽の射しこむ境内に人影はなく、鳥の鳴き声だけが聞こえている。

もはや、涙は出てこない。

求馬は覚悟を決め、青雲寺の山門を離れた。

五

師との別れは唐突に訪れた。

夢であればよいのにともおもう。されど、悔いはない。これからは、おのれで決めた道を進む。そう考えただけで、えも言われぬ高揚感に包まれた。

八日は事納め、家々では年神《としがみ》の棚を取りはずす。この日は事始めでもあり、天空から降ってくる宝物を受けるべく、竹の先に目笊《めざる》をつけて軒に立てた。幼い頃から不思議に感じていたが、これは禍《わざわい》封じの風習でもあるという。

多恵は、牛蒡《ごぼう》、芋、大根、人参などの根菜を小豆《あずき》といっしょに煮込み、六質汁《むしつじる》をつくってくれた。大鍋に煮えにくいものから「甥甥《おいおい》」に入れるので、従兄弟汁《いとこ》とも呼ばれている。しばらくは、滋味《じみ》豊かな従兄弟汁だけで朝夕を賄《まかな》うことになろう。

町人地を歩けば、家々の軒先に豆腐の針山が見受けられる。今日は裁縫の上達を願って折れ針を奉納する日でもあり、浅草《あさくさ》観音の境内にある淡島《あわしま》神社はたいそう賑わっていることだろう。おなごらは針供養に託《かこつ》けて、寒牡丹《ぼたん》や椿《つばき》を愛《め》でにいくのである。

不運にも、朝からずっと小雨が降りつづいていた。

春の雨は冷たく、濡れながら泥濘《ぬかる》んだ道を歩いていると気が滅入《めい》ってくる。

それでも、非番なので空き地で半刻《はんとき》（一時間）余りも素振りをやり、火照ったからだで帰路をたどっているところへ、柏木丈太郎が足を引きずってきた。

「丈太郎」

呼びかけても顔をあげない。

急いで近づくと、唇を震わせながら泣いている。

「おい、どうした」

肩に触れるや、乱暴に振り払われた。

「放っといてくれ」

「そうはいかぬ。顔をあげてみろ」

丈太郎は足を止め、ゆっくり顔をあげた。

片目は腫れてふさがっており、額や頬に青痣《あおあざ》をこしらえている。

「谷垣修也たちか。また、あいつらにやられたのか」

「ああ、そうだ」

荒稽古と称し、道場で袋叩きにされたのだ。剣術の不得手な丈太郎はこのところ、いじめの的にされていた。

「修也め」

「よいのだ。これしきのことで腹を立てておったら、番方はつとまらぬ」

「痩せ我慢するな。人には向き不向きがある。おぬしは算盤ができるゆえ、番方よりも役方《やくかた》に向いておるのだ。無理をせず、道場なんぞやめてしまえ」

「そんなことができるか。道場をやめたら、父上や母上が悲しむであろう。番方の家に生まれた以上は道場に通いつづけ、莫迦な連中の理不尽な仕打ちにも耐えねばならぬ。それに……」

と言いかけ、丈太郎は黙った。

「何だ、言え。ふたりのあいだで隠し事はせぬと約束したであろう」

求馬が食いさがると、丈太郎は渋々ながらも口をひらく。

「修也のやつ、咲希につきまとっておる。やめてほしいと言ったら、このざまさ」

「何だと」

「おぬしは手を出すな。手を出したら、縁を切るからな」

「くう」

求馬が怒りで顔を染めると、丈太郎は口を尖《とが》らせる。

「何で口惜しがる。そんなに口惜しいなら、咲希を嫁に貰ってくれ」

「えっ」

「咲希はたぶん、おぬしを好いておる。おぬしさえよければ……」

「待て。わしはまだ、嫁など貰いたくない」

はっきり告げると、丈太郎は悲しげな目でみつめてくる。

「わかった、それならそれでいい」

横を向き、足を引きずりながら歩きはじめた。

待ってくれと言いかけ、求馬はことばを呑みこむ。

友の背中を見送るしかない自分が不甲斐《ふがい》なかった。

夕刻、多恵は買物に出たきり帰ってこない。

――堪忍袋の紐はしっかり結んでおきなさい。

脳裏を駆けめぐるのは、日頃から母に諭されていることばだ。

どうにも腹が立って仕方なく、苛立《いらだ》ちを持てあますしかなかった。

落ちつかない気分で貸本の兵法書に目を通していると、柏木家に出入りする小《こ》者《もの》が血相を変えて駆けこんでくる。

「伊吹さま、大変です。咲希さまが拐《かどわ》かされました」

「何だと」

拐かしたのは覆面の一味で、行き先の見当もついているという。

「伝通院《でんずういん》の裏手です」

「阿弥陀《あみだ》堂か」

「はい、丈太郎さまが向かわれました」

丈太郎は拐かした連中の正体を見破っていた。

「谷垣修也たちか」

求馬は吐きすて、刀も持たずに屋敷から飛びだす。

咲希は稽古事からの帰り道、三人の男に連れ去られた。それを偶《たま》さか、丈太郎と小者が遠くからみていた。今から四半刻《しはんとき》（三十分）前のはなしだ。丈太郎は小者に行き先を告げ、求馬に報《しら》せるように命じたのだという。

連れ去られた瞬間を目にしたのが、不幸中の幸いであろう。

咲希の無事を祈りながら、求馬は必死の形相《ぎょうそう》で駆けつづけた。

伝通院の裏手は幼い頃からの遊び場、雑木林の奥に荒れはてた阿弥陀堂があるのは、持筒組の子どもなら誰でも知っている。

雨は午過《ひるす》ぎには熄《や》み、西の空は夕焼けに染まっていた。

――ぬかあ、ぬかあ。

間の抜けた鴉《からす》の鳴き声を聞きながら、雑木林を抜けていく。

予想に反して、阿弥陀堂は静まりかえっていた。

小者は遥《はる》か後方におり、影すらもみえない。

求馬は泥道を進み、御堂の階《きざはし》を三段抜かしで駆けのぼった。

観音扉を開いた途端、白刃《はくじん》がすっと鼻面へ伸びてくる。

咄嗟《とっさ》に躱し、相手の首筋に手刀を叩きこんだ。

「うっ」

白目を剝《む》いたのは山路広之進《やまじひろのしん》、修也とつるんでいる与力見習いである。

「伊吹、そこまでだ」

板間の端には筵《むしろ》が敷かれ、手足を縛られた咲希が転がされていた。猿轡《さるぐつわ》のせいで叫ぶこともできず、恐怖に脅えた眸子《まなこ》を瞠《みは》っている。

かたわらには、谷垣修也が胡座《あぐら》を搔いていた。

「おのれ」

求馬が身を寄せると、修也は白刃を抜きはなつ。

「寄るな。兄の二の舞いになるぞ」

「えっ」

隅の暗がりで、丈太郎らしき人影が俯《うつぶ》せになっている。

抜き身を提げた三人目の与力見習いがそばに立っていた。益子銑三《ますこせんぞう》という悪仲間だ。

修也たち三人は札付きの悪どもだった。傾奇者《かぶきもの》を気取って市中で町人に喧嘩をふっかけたり、親から金をくすねて平然と悪所通いを繰りかえしている。にもかかわらず、親たちは、血気盛んな若者なら誰にでもある一時の迷いと受けとめ、叱責《しっせき》もせずに野放しにしていた。本人たちは増長し、やることが日を追うごとに酷《ひど》くなっている。そうしたさなかの拐かしであった。

「丈太郎をどうした」

求馬が声を荒らげると、修也は小莫迦にしたように嘲笑《あざわら》う。

「案ずるな、気を失っておるだけさ」

「おぬし、咲希をどうする気だ」

「おいおい、口の利き方をわきまえろ。わしは与力の子だぞ」

「んなことはどうだっていい。大名だろうが、旗本だろうが、拐かしは天下の重罪だ。ましてや、持筒組の与力見習いが組下の娘に手を出したと知れれば、おぬしら、ただでは済まぬぞ」

「ご託はそれだけか。咲希はわしの嫁にする。それなら、誰も文句は言うまい」

「何を莫迦な」

驚愕《きょうがく》のあまり、顎《あご》が外れかけた。

「嘘ではないぞ。手込めにいたせば、咲希は傷物になる。わし以外に貰い手はなくなるぞ。ふん、与力の家に嫁ぐのだ。家の連中にも感謝されこそすれ、文句を言われる筋合いはなかろう」

修也は目が据《す》わっていた。酒を呑んでいるのだ。しかも、かなりの量がはいっているようで、顔色が蒼醒《あおざ》めていた。

益子などは暗がりに屈《かが》み、げろげろ吐いている。

「銑三、汚いぞ」

一瞬、修也が隙をみせた。

求馬は床を蹴り、両手をひろげて飛びかかる。

「ぬわっ」

修也の振りあげた白刃に、鬢の下を裂かれた。

それでも、求馬は上から馬乗りになり、じたばたする修也を押さえこむ。

両手で襟首を摑んで交叉《こうさ》させ、ぎゅっと首を絞めた。

修也はたまらず、がくっと項垂《うなだ》れる。

「こやつめ」

益子が横から斬りかかってきた。

が、つぎの瞬間、転んで顔を床に叩きつける。

息を吹き返した丈太郎が、片足を掬《すく》ったのだ。

「くそっ」

益子は鼻血を垂らし、近くの咲希を斬ろうとする。

求馬は横っ飛びに飛び、益子の握る刀身の峰《みね》を踏みつけた。

反対の足で顎を蹴ると、酔った阿呆はぴくりともしなくなる。

咲希は猿轡と縄を解かれても、ぶるぶる身を震わせていた。

「丈太郎、ここはわしに任せろ。おぬしは咲希を連れて帰れ」

「すまぬ、求馬」

丈太郎は疲れきった咲希の肩を抱え、観音扉の向こうへ降りていく。

途中で一度だけ振りかえり、じっくりうなずいてみせた。

今日のことは内密にしてくれと、目顔で頼んでいるのだ。

妙な噂がたてば、咲希の将来に差し障りが出てくる。それを案じたのだろう。

任せておけとでも言うように、求馬はうなずき返した。

兄妹がいなくなると、しばらくして修也が息を吹き返した。

「伊吹、同心の分際でよくも抗ってくれたな。父上に知れたら、おぬしもただでは済まぬぞ」

「何が言いたい」

「咲希のことは遊びゆえ、深く考えるな」

「そうはいかぬ」

「わからぬやつだな。今日のことがみなに知れたら、おぬしや柏木も、咲希とて無事では済まぬのだぞ。わしらのことは黙っておれ。そうすれば、おぬしがやったことも見逃してやる。すべてなかったことにしてやると言うておるのだ」

寝ぼけたことを抜かすなと、怒鳴りつけたくなった。が、冷静に考えれば、取引に応じるべきであろう。

求馬は身を寄せ、修也の襟首を摑んだ。

「金輪際《こんりんざい》、咲希には手を出すな。約束するなら、黙っておいてやる」

「ああ、わかった。酔うておらねば、このようなまねはせぬ。おぬし、申し合いのことは聞いておろう。同心五人で戦って一番になった者が、わしに挑んでくるのだとか。ふん、とんだ茶番よ。どうせ、組で一番になるのは、このわしだ。まんがいち、おぬしが勝ちあがってきたら、尋常な勝負をしてやる。覚悟しておくがいい」

「それはこっちの台詞《せりふ》だ。吠え面を搔かせてやるゆえ、待っておれ」

求馬は乱暴に言い捨て、へらへら笑う修也に背を向けた。

六

咲希は屋敷から一歩も出なくなった。

丈太郎によれば、食事も喉を通らぬほど鬱《ふさ》ぎこんでいるという。

案じられたが、求馬にはどうすることもできない。おそらく、何を言っても慰めにはなるまい。とうぶんのあいだは、そっとしておくしかなかった。

幸い、拐かしの件は噂になっておらず、親にも知られずに済んでいた。ただ、咲希の父親が拐かしを知ったからといって、何ができるというわけでもない。与力と同心とでは身分の差が歴然としており、谷垣家に怒鳴りこんで騒ぎたてるような事態にはなりようもなく、まんがいち咲希が酷い仕打ちを受けていたとしても、泣き寝入りするしかなかったであろう。

「情けないはなしだ」

丈太郎の冷めた台詞は、おのれに突きつけられたように感じられた。

咲希のことを大切におもうのなら、何故、嫁に貰ってやらぬのだ。

いくら自問自答を繰りかえしても、こたえは容易にみつからない。

所帯を持つよりもさきに、なすべきことがあるはずだ。やるべきことをやってもいないのに、嫁取りなどできるものか。それこそ、咲希を不幸にするだけであろうと、求馬はうじうじ悩みつづけるしかなかった。

そうしたなか、大縄地に近い剣術道場で同心五人による申し合いがおこなわれ、求馬は難なく勝ちあがってみせた。周囲から期待されたとおりの力を発揮し、谷垣修也へ挑むことになったのである。

ふたりの申し合いは涅槃《ねはん》の十五日午前、ところは駿河台《するがだい》にある大岩左近将監屋敷と定まった。

尋常の勝負に勝ち、修也にも与力たちにも文句を言わせない。丈太郎や咲希の無念を晴らすためにも、負けは許されなかった。

申し合い当日は、朝から雪が降った。

「雪涅槃か」

斑《まだら》に降る大粒の牡丹雪《ぼたゆき》を眺め、求馬は掌《てのひら》を重ねて白い息を吐く。

白装束で大岩屋敷へ出仕し、四半刻前から廊下の袖に控えていた。

反対側の袖には、渋柿色の筒袖に身を包んだ修也のすがたがみえる。

緊張した様子もなく、勝ちを信じて疑わぬふてぶてしい面つきだった。

――強くなりたければ、おのれの弱さを知ることじゃ。

過信を戒める師のことばが耳に甦ってくる。

相手のことはどうでもよい。要は、おのれに打ち勝てるかどうかだと、求馬はみずからに言い聞かせた。

「そろりと始めよ」

書院の奥から、大岩の太い声が聞こえてくる。

大岩の左右には、筆頭与力の入江磯左衛門や小頭の水田平内も控えているはずだ。与力は七人しかおらぬので、ことによったら修也の父親も列席しているかもしれない。修也の勝ちを信じて疑わぬ父親の鼻っ柱を折ることになっても、今日の勝敗を覆すことは誰にもできぬ。

老中の秋元但馬守は「剣の技量のみを問え」と命じたのだ。かような好機は二度と訪れぬであろう。勝つことに何ひとつ遠慮はいらぬと、何度も胸に繰りかえす。

「双方、これへ」

行司役の大岩家用人《ようにん》に命じられ、求馬は裸足で床を踏みしめた。

修也も滑るように近づいてくる。

ふたりは廊下の中央まで進み、横並びで大岩のほうを向いた。

ずんぐりとした体軀に鬼瓦《おにがわら》のごとき四角い顔、登城と下城のときに中之門内でちらりと見掛けるだけの親玉が、地獄の沙汰を言い渡す閻魔《えんま》大王にみえる。

木刀を握った左拳と右拳を腰につけ、求馬と修也は折り目正しくお辞儀をした。

「ふむ、存分に打ち合うがよい」

大岩閻魔は居丈高《いたけだか》に顎をしゃくる。

あらかじめ、寸止めの一本勝負と知らされていた。

ただし、寸止めとは本気で打たぬことにすぎず、勢い余って木刀が当たっても咎《とが》められない。それゆえ、骨を折られる危うさもある。突き技も容認されているので、下手《へた》をすれば目や喉を潰《つぶ》されるやもしれず、細心の注意を払わねばならなかった。

「双方、分かれよ」

所定の間合いに戻って対峙し、たがいに礼を交わす。

「はじめい」

行事役の合図で木刀を構えるや、修也が無造作に間合いを詰めてきた。

下段青眼の構えから、上段突きを狙ってくる。

「おりゃ……っ」

気合いに圧倒されつつも、求馬は脇構《わきがま》えから強烈な横打ちを見舞った。

──ばちっ。

初太刀《しょたち》を弾かれた修也が、身ごと真横に吹っ飛ぶ。

「ぬわっ」

平衡を失いつつも、廊下の縁で踏みとどまり、驚いた顔で振りかえった。

挨拶代わりの一撃は、予想以上に衝撃を与えたようだ。

修也は体勢を立てなおし、安易に攻めてこなくなった。

小野派一刀流の免許皆伝だけあって、打ちこむ隙をつくらせない。

ふたりは相青眼《あいせいがん》に構えたまま、三間ほどの間合いで動きを止めた。

求馬は頭のなかで、めまぐるしく相手の太刀筋を読みつづける。

修也も同じであろう。こうすればこう受け、ああ打てばこう返してくるはずだと、たがいに読み合いながら有効な誘いの一手を探るのである。

求馬が知っているだけでも、小野派一刀流には数多くの技があった。

だが、最後に頼るべき必殺の奥義は「斬り落とし」にほかならない。

火の玉と化した闘気を浴びせながら打ちこみ、つられて出てきた相手の刀を鎬《しのぎ》で弾きつつ、同じ勢いのまま相手の面を一刀両断にする。防ぎと攻めを一拍子で同時におこなう熟練の技こそが、同流の真髄だった。

どのみち、決めにくる技は「斬り落とし」にちがいなかろう。

「はっ」

我に返るや、修也が脇構えで切っ先を隠しながら迫ってきた。

いつの間にか、右手だけを逆手に握りかえている。

「ぬうっ」

受けようとした木刀を、巧みに上から押さえこまれた。

さらに、修也は右手を放し、左手一本で面打ちを狙ってくる。

陰刀《いんとう》か。

——かつん。

強烈な一撃を、求馬は何とか十字に受けた。

すかさず受けながし、横薙《な》ぎに払うや、修也はふわりと後方へ飛ぶ。

さきほどのお返しとばかりに、片頰で微笑む余裕までみせた。

ここまでは互角の勝負だ。

ふたりはいたって冷静だが、行司役のほうが荒い息を吐き、大岩以下の立会人たちは身を乗りだしている。

手に汗握る勝負とは、こうしたものかもしれない。

持組約五百人の頂点に立つためには、まさに、この申し合いこそが最初にして最大の鬼門《きもん》となろう。

求馬は雑念を振り払うべく、じっと眸子を瞑《つむ》る。

修也を負かすのは、丈太郎のためでも、咲希のためでもない。もはや、おのれのためでもなかった。対峙しているのは与力の子ではなく、鏡に映った自分自身でしかないのだ。勝ちたい、負けたくないという雑念にとらわれているかぎり、会心《かいしん》の一撃を繰りだす術《すべ》はなかろう。

「身は深く与え、太刀は浅く残して、心はいつも懸かりにてあり」

鹿島新當流の剣理を、求馬は呪文のごとく口ずさんだ。

おのれを明鏡止水の境地に導けば、八風吹けども動ぜぬ巌の身になりかわる。

「覚悟せい」

修也が大上段に構え、敢然と打ちかかってきた。

来る。

斬り落としだ。

察しても、求馬は動かない。
逆八の字の撞木足に構え、半眼で相手を見据えたままだ。
「ぬお……っ」
修也の木刀が、額めがけて落ちてきた。
求馬は石火《せっか》の機《き》を捉《とら》え、同じく上段から木刀を振りおろす。
――がつっ。
二本の木刀が同じ軌道で重なり、一瞬にして弾かれた一本が天井に突き刺さった。
気づいてみれば、修也のほうが床に両膝を屈している。
求馬の握る木刀の先端が、眉間から一寸の位置に静止していた。
これが真剣ならば、眉間はまっぷたつになっていたにちがいない。
相手よりやや遅れて打ちおろし、鎬で鎬を弾いて一拍子で斬りおとす。
まさしく、小野派一刀流の奥義を、求馬のほうが使ってみせたのだ。
修也は声もなく、項垂れるしかなかった。
おのれのもっとも得意な技でやられたのだ。完敗である。
求馬は動かない。

行事役の声すらも聞こえていないようだった。

咄嗟に斬り落としを合わせたことも、谷垣修也に勝ったことも、きちんとわかっていない。

正直、自分の強さに驚いている。

この場にいるすべての者が、求馬の強さに舌を巻いていた。

師匠、勝ちました。

胸の裡《うち》でつぶやくと、ようやく、肩の力が抜けた。

いつのまにか雪は熄み、曇天の狭間から陽が射しこんでくる。

勝利をまっさきに告げたい相手は、母でも丈太郎でもなく、咲希であった。

元気を取り戻せと励ましたかったが、みずから報告に向かうことはあるまい。

求馬は正面に座る大岩と敗者の修也に深々と礼をし、廊下の袖へ引っこんでいった。

「勝負あり」

七

求馬をみる周囲の目はあきらかに変わった。

安堵したのは、修也たちが丈太郎をいじめなくなったことだ。

さすがに、負けは負けと潔くみとめる侍の矜持《きょうじ》だけはそなえていたのであろう。

「よくやってくれました。父上も喜んでおられましょう」

母の多恵は仏前に供物を捧げながら一度だけ褒めたが、いまだ道半ばと戒めるかのように、いつもと変わらぬ態度で接してくる。少し物足りない気もしたが、それは修行が足りないせいだろう。

役目から戻った夕刻、咲希の様子が知りたくなり、柏木家のほうへ足を向けた。

同じ組内なのに、屋敷がやたらに遠く感じるのは気のせいか。

表の木戸口ではなく、裏手に忍びこんで垣根越しに覗いてみると、花模様の小袖を纏った咲希が縁側から中庭へ下りてきたところだった。

みつからぬように、さっと物陰に身を隠す。

咲希は駒下駄を履き、庭の一隅へ向かった。

日向《ひなた》に咲いた椿《つばき》の枝で、二羽の雀《すずめ》が戯《たわむ》れている。

名残《なごり》の雪が消える春分のはじめ頃から、雀の巣作りがはじまるのだ。

初午《はつうま》は疾《と》うに過ぎたのに、何処からか、かんから太鼓の音色が聞こえてくる。

——どんどん、からから、どんどん、からから。

ひょっとしたら、洟垂《はなた》れどもの悪戯《いたずら》であろうか。

咲希も足を止め、太鼓の音色にじっと耳をかたむけた。

「稲荷《いなり》講、万年《まんねん》講、お十二燈おあげおあげにこあげ……」

ふっくらした朱唇《くちびる》の動きを読めば、数え歌を口ずさんでいるのがわかる。

どんなに小さな町でも、赤い鳥居の「お稲荷さん」は見受けられた。手近な稲荷を奉じる初午は、町人地に住む子どもたちの祭りだ。大勢で群れをなし、白狐《びゃっこ》の描かれた絵馬や幟《のぼり》を掲げ、権化《ごんげ》と称して家々をまわり、大人たちから小銭や駄菓子を貰う。

盆と正月がいっしょに訪れるような行事だけに、子どもたちは初午を何よりも楽しみにしていた。市中に太鼓売りがやってくると、興奮の面持《おもも》ちで歓声をあげながら露地裏を駆けまわってみせるのだ。

武家の子らは、いつも遠目から羨《うらや》ましげに眺めていた。物乞いのようなまねは慎まねばならぬと親から諭されても、やはり、お祭り騒ぎが気になって仕方ない。

求馬は町人の衣に着替え、毎年、祭りの喧噪《けんそう》にくわわった。本郷《ほんごう》三丁目の町人地に築かれた稲荷社には、鍵を咥《くわ》えた白狐の木像が祀《まつ》られている。初午の日だけは祠《ほこら》から持ちだし、神輿《みこし》のように担いで練り歩くことも許されるのだが、求馬はその白狐をどうにかして担ぎたいと狙っていた。

願いは一度もかなわなかったものの、かんから太鼓の音色を聞くと、幼い頃に憧れていた「鍵を咥えた白狐」のすがたが脳裏に浮かんでくる。

――ちゅんちゅん、ちゅんちゅん。

咲希は飽くこともなく、椿に戯れる雀を眺めていた。

憂いをふくんだ横顔は可憐《かれん》で、いつまでも眺めていたくなる。

そう言えば、年端《としは》もいかぬ咲希に一度尋ねられたことがあった。

――どうして、白狐は鍵を咥えているの。

同じ問いを、求馬も父にしたことがある。白狐が鍵を咥えているのは、米蔵を守る役目を与えられているからで、来年が豊作かどうかは白狐の胸三寸に懸かっているとのことだった。それほど大事なものを洟垂れどもが担ぎだしてよいのかと、幼心に憤《いきどお》ったのをおぼえている。

咲希の問いには、こたえなかった。父に聞いたはなしを説くのが面倒だったからだ。いつか説いてやろうとおもいながら、それすらも忘れて年月だけが過ぎてしまった。

咲希はおぼえているだろうか。

おそらく、忘れているにちがいない。

それでいい。自分だけの思い出なのだと、求馬はみずからに言い聞かせ、そっと垣根から身を離した。

しょぼくれた顔で家まで戻ってくると、後ろから誰かが声を掛けてくる。

「ちょうどよいところへ帰ってきたな」

振りかえれば、小頭の水田平内が満面の笑みで立っていた。

「ちと、つきあえ」

腕を取られた瞬間、酒臭さに鼻を衝《つ》かれる。

「水田さま、どちらへ行かれるのですか」

「祝ってやる。まあ、従《つ》いてくるがよい」

上役の誘いを無下《むげ》にもできず、浮かぬ顔で背にしたがった。

水田は大路に出て駒込追分へ向かい、追分からは右手の鰻縄手をたどる。そして、辺りが薄暗くなりゆくなか、四つ辻を右手に折れて四軒寺町の小道をたどり、世尊院のさきから団子坂を下っていった。

青雲寺へ向かう道筋ではないか。

首を捻りながらも従いていくと、水田は藍染川の手前を曲がらずに木橋を渡り、しばらく進んだのちに感応寺《かんのうじ》の表門前町で左手へ折れた。

寺ばかりが並ぶ一角に、ぽっかりと町人地がある。

「ここじゃ」

水田はだらしなく笑い、いかがわしい暗がりへ踏みこんでいく。

はなしには聞いたことがあった。感応寺の門前町に『いろは茶屋』と称する岡《おか》場所《ばしょ》があるという。

「水田さま、お待ちください」

呼びとめても、水田はどんどん歩いていった。

袋小路のどんつきまで進み、仕舞屋《しもたや》の黒塀を拳で乱暴に敲《たた》く。

「ただの遊びじゃ。おぬしもその年なら、おなごの酌で呑む酒もおぼえねばなるまい。案ずるな、ほんの少し酒を呑むだけじゃ。祝いの酒ゆえ、拒むのは無粋《ぶすい》ぞ」

水田は後ろにまわり、ぐっと背中を押してくる。

面前の戸が開くや、白粉《おしろい》の匂いに鼻を擽《くすぐ》られた。

「おいでなされまし」

厚化粧の年増《としま》に袖を取られ、強引に誘いこまれる。

踵《きびす》を返しかけると、水田が通せんぼをしてみせた。

「ほんの一杯じゃ。一杯だけつきあえ」

拝むような仕種《しぐさ》までされたら、拒むわけにもいかない。

一杯だけと、おのれにも言い聞かせ、履き物を脱いだ。

細長い廊下をわたり、坪庭《つぼにわ》をのぞむ小部屋へ案内される。

すでに酒の支度はできており、水田は上座へどっかり座った。

求馬も隣に腰をおろすと、別のおなごがふたり部屋にはいってくる。

「おお、ほほ、きれいどころが来おった。鯔与力の入江さまから、たっぷり御祝儀をいただいてな」

水田は袂《たもと》を重そうに揺らし、銭をじゃらじゃらさせた。

「おぬしは組の自慢じゃ。よい夢をみさせてやれとのご指示でな。ぐふふ、遠慮いたすな。おぬしも嫌いではあるまい、のう」

返事をする暇もなく盃を持たされ、おなごのひとりがなみなみと酒を注ぐや、ほかのおなごもいっしょになって、ひと息に空けろと囃《はや》したてる。

「祝いの酒じゃ。ありがたく頂戴しろ」

水田にも急《せ》きたてられ、求馬は盃を呷《あお》った。

「まあ、見事な呑みっぷり」

おなごたちから順に注がれ、おだてられるがままに二杯、三杯と酒がすすみ、気づいてみれば、ひとりで五合余りも空けていた。

「この蟒蛇《うわばみ》め」

水田も上機嫌で酒を啖《くら》い、幇間《ほうかん》のように裸踊りまで披露しはじめる。

おなごたちも手拍子を打ち、やんやと喝采《かっさい》を送った。

笑い声と嬌声《きょうせい》が頭のなかで響きあい、立ちあがると足許《あしもと》がふらついてしまう。

「寝所に行かれますか、お布団が敷いてござりますよ」

白塗りの年増に手を取られ、隣の部屋へ連れていかれる。

布団のうえで大の字になると、おなごが帯を解きはじめた。

その様子を惚《ほう》けた顔で眺めつつ、どうにか逃れる術を巡らせる。
赤襦袢《じゆばん》の狭間から白い乳房が覗いた途端、求馬は布団から跳ね起きた。
「何処へお行きなさる」
「厠《かわや》へ」
掠《かす》れた声で応じ、廊下へ逃れると、まっすぐ出口へ向かった。
夜目《よめ》が利くので履き物を探しあて、猪のように外へ飛びだす。
あとは脇目も振らず、冷たい外気のなかを駆けぬけた。
見上げた空には月もない。
道から外れては転び、起きあがっては駆けつづける。
途中で何度も嘔吐《おうと》し、ようやく見慣れた組屋敷の一角まで戻ってきた。
――かちゃ、かちゃ。
聞こえてくるのは、多恵が組紐を組む音だ。
「くそっ」
袖口からは白粉の匂いが漂ってくる。
このまま、木戸門を潜る勇気はない。
求馬は塀を背にして座り、膝を抱えながら寒さに震えつづけた。

八

数日後、水田は岡場所のことなど忘れてしまったかのように、何食わぬ顔で組下全員に告げた。

「佐内町《さないちょう》の『飛騨甚《ひだじん》』なる材木問屋が群盗《ぐんとう》に襲われるかもしれぬ」

内通者から耳寄りの一報を得た盗賊改が、助太刀を頼んできたのである。鯔与力の入江がさっそく人選をおこない、水田率いる同心十人が捕り方装束に身を固めて出張《でば》ることとなった。

申し合いから五日後、二十日の夜も更《ふ》けた頃。

求馬は江戸橋の南詰めから楓川《もみじがわ》沿いに歩き、日本橋本材木町《にほんばしほんざいもくちょう》までやってきた。

「気張れ、大岩組の名を高めよ」

水田は気合いを入れると、ほかの連中を連れて別の持ち場へ消えた。

求馬は丈太郎とふたり、物陰の暗闇から海賊《かいぞく》橋の橋下を窺《うかが》っている。

「気張れと言われても、後詰《ごづ》めだからな」

丈太郎が浮かぬ顔で言った。

盗賊改は持組や先手組に課される役目で、今は荒山勘解由《あらやまかげゆ》の率いる持弓組が本役を任されている。牛込改代町《かいたいまち》に与力同心の組屋敷がある荒山組は持組八組のなかで最精鋭と目され、気の荒い配下たちは無闇に悪党どもを斬殺することでも知られていた。

指揮を執《と》る筆頭与力は「般若面《はんにゃめん》」の異名を持つ沢地伊織《さわちいおり》、後詰めの求馬たちは沢地から「持ち場を離れるな」とだけ命じられている。

「般若面にとって、わしらなんぞ雑魚《ざこ》も同然さ」

丈太郎はみずからを卑下《ひげ》しながらも、袂をまさぐってお守りを取りだした。

「ほれ、神田《かんだ》明神のお守りだ。おぬしに手渡してほしいと、咲希に頼まれた」

「えっ」

恥じらいながらも受けとり、お守りを懐中に仕舞いこむ。

「兄のわしより、おぬしのことが心配らしい。あいつめ、盗賊改の助太刀ほど危ういものはないとおもっておるのだ」

咲希の心配は、あながち的外れではない。盗賊改の狙う獲物は、人殺しや火付けをも厭《いと》わぬ兇悪《きょうあく》な連中であった。頭目は六所《ろくしょ》の藤兵衛《とうべえ》、北関東を荒らしまわった野武士《のぶせり》の成れの果てで、頬の瘦《こ》けた藪睨《やぶにら》みの人相書《にんそうがき》も配られている。手下の数は二十とも三十とも言われ、今年になって御府内で二度も押込《おしこ》みをはたらいたにもかかわらず、捕り方の網を擦《す》り抜けていた。

「ここは日本橋のすぐそば。江戸の真ん中で押込みなんぞできるものかな」

求馬が疑念を口にすると、丈太郎は物知り顔でうそぶく。

「来るか来ぬか、荒山さまや般若面の読みは五分五分らしいぞ」

亥《い》ノ刻（午後十時）を過ぎたころから、霧のような雨が降りつづいていた。

彼岸《ひがん》過ぎの春雨ゆえか、さほど冷たくはない。だが、鬱陶《うっとう》しい気分にはさせられる。

ふと、川面に目をやると、細長い荷船が一艘《そう》、静かに近づいてきた。

頬被《ほっかむ》りをした船頭は棹《さお》を巧みに操り、舳先《へさき》を岸に向けてくる。

夜半でも荷船は往来しているので、別に不審がることはない。

荷を積んでいないせいか、どことなく妙な感じがするだけだ。

桟橋《さんばし》の杭に纜《ともづな》が投じられ、荷船はゆるゆると横付けにされた。

「どうした」

「いや、別に」

丈太郎に問われ、求馬は首を横に振る。

船頭は座りこみ、煙管《キセル》をすぱすぱやりだした。

――ごおん。

子《ね》ノ刻（午前零時）を報せる鐘音が腹に響く。石町《こくちょう》の鐘撞《かねつ》き堂は近い。

「何やら、焦《こ》げ臭いぞ」

丈太郎が鼻をくんくんさせる。

突如、佐内町の方角に火の手があがった。

人の悲鳴や怒声《どせい》も聞こえてくる。

「来おった、藤兵衛だ」

「どうする、求馬」

焦る丈太郎に促されても、求馬は駆けだすことができない。

持ち場を離れるなという筆頭与力の命に縛りつけられているのだ。

火の手は次第に大きくなり、町人たちがひとつ向こうの大路を右往左往しはじめた。

それでも、川沿いの道から離れずにいると、怪しげな跫音《あしおと》がひたひた近づいてくる。

「丈太郎、佐内町のほうから誰か来るぞ」

賊かもしれぬと、勘がはたらいた。

暗がりに黒装束の人影が浮かびあがるや、からだが勝手に反応する。

求馬は何をおもったか、道を横切って下の桟橋へ飛び降りた。

さきほどの荷船で、頬被りの船頭が身構えている。

右手に握っているのは、九寸五分の匕首《あいくち》だ。

「おぬし、六所の一味か」

求馬は船に飛び乗り、船底から櫂《かい》を拾いあげる。

「この野郎」

身ごと突っこんできた船頭の横面を、櫂でおもいきり引っぱたいた。

——ばしっ。

船頭に化けた悪党は川へ落ち、水飛沫《しぶき》が立ちのぼる。

ちょうどそこへ、黒装束の連中が駆け降りてきた。

やはり、荷船で逃げる算段だったらしい。

「しゃらくせえ」

下の桟橋に三人、上の道にふたり、ぜんぶで五人いる。

「求馬」

丈太郎は後ろのふたりに迫ったが、段平《だんびら》を抜かれて尻餅をついた。

「近づくな、丈太郎」

叫んだそばから桟橋に移り、求馬は正面の三人に対峙《たいじ》する。

「殺《や》っちまえ」

段平を手にしたふたりが、左右から同時に掛かってきた。

「ふん」

求馬は櫂を振りまわし、ふたりを瞬時に昏倒《こんとう》させる。

「この野郎、約定《やくじょう》を違《たが》えるな」

藪睨みでみつめるのは、頰の瘦けた三人目の男だ。

ごくっと、求馬は唾を吞みこむ。

「おぬし、藤兵衛か」

「そうじゃ。わしが六所の頭目よ」

「約定とは何のことだ」

「けっ、下《した》っ端《ぱ》に言うてもはじまらぬ。死ねっ」

藤兵衛は腰の刀を抜き、上段から斬りつけてくる。

もとは野武士だけあって、太刀筋は鋭い。

――ひゅん。

咄嗟に櫂で受けるや、まっぷたつに断たれた。

それでも、求馬は刀を抜かない。

入り身で懐中に飛びこみ、拳で相手の腹を突いた。

「うっ」

藤兵衛は刀を落とし、桟橋にへたり込む。

そこへ、捕り方装束の連中があらわれた。

般若面の手下どもにちがいない。

「藤兵衛め、そこにおったか」

突出したひとりが白刃を抜き、丈太郎と争っていた悪党の背中を斬る。

「ぎゃっ」

さらに、もうひとりも無造作に斬りすてた。

「げっ、堪忍してくれ」

藤兵衛は上の様子に驚き、必死に命乞いをする。

求馬は後ろにまわり、片方の腕を取って捻《ね》じった。

縄を打とうとした拍子に、懐中から何かが落ちる。

短冊のようだ。汚い字で何か記されている。

――不忠者七里歩いて闇祭
藤兵衛は振りむき、薄く笑った。

「辞世《じせい》の句さ」

「えっ」

「隠し蔵の鍵がある。舟板を引っぺがしてみろ」

「……な、何を言っておる」

問うたところへ、後ろから丸太のような腕が伸びた。

「そいつは、わしの獲物だ」

大柄な同心が顔を寄せ、臭い息を吐きかけてくる。

さきほど、ふたりの賊を問答無用で斬りすてた男だ。

同心は藤兵衛の襟首を鷲摑《わしづか》みにし、三間ほど引きずった。

そして、襟首から手を放すと、足の裏で胸を蹴りつける。

「うわっ」

仰向《あおむ》けに転がった藤兵衛は、身を起こすなり正座してみせた。

「……す、助《す》けてくれ、命だけは」

両手を合わせて頭上に持ちあげ、念仏を唱えはじめる。

「ふん、他人は平気で殺《あや》めても、自分が死ぬのは恐いのか」

同心は大股で迫り、何食わぬ顔で両手を水平斬りにした。

「ぎゃっ」

輪切りになった手首をみつめ、藤兵衛は全身を震わせる。

「悪党は生かしておかぬ。死んで詫びるがいい」

同心は吐きすてるや、返す刀で首を刎《は》ねた。

一片の躊躇《ちゅうちょ》もない。

求馬は惚けた顔で、転がる首をみつめるしかなかった。

同心は樋《ひ》に溜まった血を切り、刀身を頭上に翳《かざ》す。

「わしは石動敬次郎《いするぎけいじろう》。おぬしは」

名を聞かれ、求馬はどうにかこたえた。

「伊吹求馬か、礼を言うぞ。ふふ、頭目を生かしておいてくれた礼だ」

我に返ると、腹の底から怒りが込みあげてくる。

求馬は声を荒らげた。

「どうして斬った。縄を打つべきであろう。命乞いする者を斬るとは、卑劣だぞ」

「ふん、悪党に情けを掛けろとでも。ここは修羅場《しゅらば》だ。殺るか殺られるか、ふたつにひとつ。覚悟を決めてかからねば、おのれが命を落とすはめになる」

丈太郎が桟橋を見下ろし、上から文句を言った。

「手柄をあげたのは求馬だ。おぬしではないぞ」

くいっと、石動は顎を突きあげる。

「たしかに、五人を足留めさせたのは手柄だった。伊吹求馬とやら、おぬしとはいずれ剣を交えるやもしれぬ。そのときまで、首を洗って待っておれ。ぬは、ぬはは」

石動は納刀し、藤兵衛の生首を拾いあげた。

髷《まげ》を摑んで右手に提げ、意気揚々《いきようよう》と去っていく。

残されたのは、屍骸《むくろ》の転がる惨状にほかならない。

あいかわらず、鬱陶しい霧雨は降りつづいている。

「おえっ」

丈太郎は膝を折り、川縁《かわべり》で嘔吐しはじめた。

求馬は辞世の句の書かれた短冊を拾い、小舟のほうへ近づいた。

舟底を隈《くま》無く調べ、すぐさま、釘の甘い底板をみつける。
引っぺがしてみると、鍵が針金で括《くく》りつけてあった。
「隠し蔵の鍵か」
藤兵衛は崖っぷちに立たされ、いったい、何を託そうとしたのだろうか。
桟橋に転がる首無し胴に問うても、こたえは返ってこない。
ともあれ、厄介《やっかい》ごとに巻きこまれるのは御免だ。
鍵を川に捨てようとして、求馬は右手を振りあげる。
だが、できなかった。
藤兵衛の口走った台詞が耳から離れない。
——この野郎、約定を違えるな。
いったい、誰と何を約したというのか。
それを解くためには、この鍵が必要になるのかもしれない。
「くそっ」
悪態を吐き、桟橋から離れた。
雨のおかげなのか、火はあきらかに小さくなっている。
火消しも大勢やってきたので、何丁《ちょう》にもわたって焼け野原になることはあるまい。
「不幸中の幸いか」
兇悪な賊どもは葬られ、盗賊改は面目《めんもく》を保った。
だが、求馬に何事かを成し遂げたというおもいは微塵《みじん》もない。
胸にあるのは、底知れぬ虚《むな》しさだけだ。
正直、生死の間境《まざかい》に身を置いたのは、生まれてはじめてのことであった。
血《ち》腥《なまぐさ》い修羅場を覚悟していたとはいえ、陰惨さは想像を遥かに超えている。
求馬は蒼醒《あおざ》めた丈太郎を立たせると、鉛《なまり》のような足を引きずった。

謀事《はかりごと》あり

一

　雪解けのせいで水量の増した大川《おおかわ》では、千住《せんじゆ》から木場《きば》まで木流しがおこなわれるようになった。墨堤《ぼくてい》を漫《そぞ》ろに散策すれば蓬《よもぎ》や芹《せり》や土筆《つくし》などが芽を伸ばしており、摘み草を楽しむ人々のすがたも見受けられる。

　一方、千代田城では如月の終わりに京都御所から勅使《ちよくし》の下向《げこう》があり、長崎《ながさき》からは和蘭陀商館長《オランダカピタン》の一行も将軍綱吉へ拝謁《はいえつ》するためにやってきた。弥生《やよい》三日の上巳《じようし》には大奥あげての雛祭《ひなまつり》があり、四日には府内八百八町の有力町人たちを城内に招いて能を披露する町入能《まちいりのう》もある。

　大掛かりな行事が立てこんでいるため、登城する諸役人はいつになく殺気立っているようにも感じられた。

荒山組が六所一味の成敗《せいばい》で名をあげてから、まだ十日ほどしか経《た》っていない。

求馬の脳裏には陰惨な光景が焼きついて離れず、連日連夜、へたり込むまで真剣の素振りを繰りかえすことでしか平常心を保つ手立てがみつけられなかった。

「顔が恐いぞ。鬼のようだ」

丈太郎にからかわれても、容易には元へ戻りそうにない。

藤兵衛に託された「隠し蔵」の鍵は捨てられずにいるものの、蔵を特定して鍵穴を探す気にはならなかった。

大岩組で一番の遣い手として認められたのに、つぎの申し合いはいつなのか、日程はいっこうに通達されてこない。荒山組では予想どおり、石動敬次郎が選出されたようだった。東軍流の免状を持っており、組内では「摩利支天《まりしてん》の再来」と持ちあげられているらしい。

持組八組の頂点を極める闘いのなかで、石動を完膚《かんぷ》無きまでに叩きのめすこと以外に惨劇を忘れる手段はなさそうだ。一刻も早く決戦の場を設けてほしいのだが、筆頭与力の入江磯左衛門も小頭の水田平内も声を掛ける素振りもみせない。

それゆえか、中之門の番に就いたときは、登城してくる秋元但馬守のすがたを探してしまう。いつぞやのように、途中で向きを変えてこちらに近づき、申し合いのことはどうなっておるのだと、入江や水田を直々に叱りつけてほしいとさえおもった。

今朝もそんなふうに考えながら、せかせかと登城する諸役人たちを目で追い、一国一城の殿様でもある幕閣《ばっかく》の重臣たちが肩で風を切りながら歩いてくる様子を眺めている。

いつもどおり、まっさきに門からあらわれたのは、歌舞伎役者並みに鼻筋の通った側用人《そばようにん》の柳沢美濃守吉保であった。今や、公方綱吉は中奥の御休息之間《ごきゅうそくのま》に留まって美濃守としかはなさず、表向きのことは万事、美濃守に仕切らせている。

ことに将軍の継嗣《けいし》については、綱吉に直系の男児がいないだけに、徳川家の係累《けいるい》のなかで誰が選ばれるのか、巷間《こうかん》でもさまざまな臆測が飛び交っており、綱吉の胸中を知る者は柳沢美濃守ひとりであろうとの噂も聞こえてきた。

もちろん、あくまでも噂にすぎぬので、一介の番士があれこれ邪推しても詮無いはなしだ。

美濃守が中雀門の向こうに消えると、勘定奉行の荻原近江守が臼《うす》のようなからだを揺すってあらわれた。さらに、荻原を重用する若年寄の稲垣和泉守が登城し、同役の若年寄や三奉行などがつぎつぎにあらわれ、番士たちの目の前を通り過ぎていく。

老中たちもやってきた。矍鑠《かくしやく》とした歩みであらわれたのは還暦を過ぎた老臣、三年前に越後《えちご》国高田《たかだ》藩から下総《しもうさ》国佐倉《さくら》藩に国替えとなった稲葉丹後守正通《いなばたんごのかみまさみち》にほかならない。老中首座までつとめた父正則《まさのり》の威光もあり、寺社奉行や京都所司代《しよしだい》を歴任した。順当に老中となって幕政に参与する道筋がみえていたにもかかわらず、今から十九年前に情況は暗転する。

当時若年寄だった親戚の稲葉石見守正休《いなばいわみのかみまさやす》が、大老の堀田筑前守正俊《ほったちくぜんのかみまさとし》を城中で刺殺したのだ。前代未聞の凶事に連座するかたちで遠慮《えんりよ》処分となり、十五年余りも冷や飯を食わされた。閑職と目された大留守居《おおるすい》を経て、ようやく一昨年、本丸老中への昇進を遂げたのである。

何故、稲葉正通が今さら老中に抜擢されたのか。じつは、綱吉自身が目の上のたんこぶだった堀田正俊の暗殺に関与していたからだと、秘かに噂する向きもあった。親戚筋の正通を厚遇することで、稲葉家への恩を返したというものだが、もちろん、そのような噂を頭から信じている者は少ない。稲葉正休はその場で成敗されたため、大老暗殺の真相は十九年経った今も藪の中だった。

父が生前に一度だけ、ほろ酔い加減で稲葉石見守の名を漏らした。詳しい経緯は教えてもらえなかったものの、若い時分に何らかの関わりがあったらしい。そのこともあって、ほかの重臣たちよりも親しいものを感じ、いつも勝手に目が向いてしまうのだ。

稲葉丹後守は白髪混じりの頭を振り、甃に沿ってそそくさと通り過ぎていく。丹後守の背中を追いかけるように、秋元但馬守が門のほうから足早にやってきた。

さらに、その但馬守を追いかけるように、旗本らしき見慣れぬ人物が乱れた裃姿でつづく。

「ん、今ごろ誰であろうか」

異変を察し、番士たちが身を乗り出した。

見慣れぬ人物は一心不乱に進んで秋元但馬守を追いこし、中雀門に向かう稲葉丹後守に後ろから声を掛けた。

「おい丹後、約定を違えたな」

乱暴な口調で叫び、小走りになるや、腰の刀を抜きに掛かる。

「この顔にみおぼえがあろう。寄合《よりあい》の潮目《しおめ》三太夫《さんだゆう》じゃ」

丹後守は振りかえり、身を固めてじっと睨みつけた。

「潮目じゃと。知らぬわ」

気丈に応じられて、潮目は「ぬおっ」と唸《うな》り、抜いた刀を高々と持ちあげる。

雲の割れ目から射しこむ朝陽が、二尺余りの白刃を煌《きら》めかせた。

もはや、斬首は決まりだ。理由はどうあれ、城域内で刀を抜けば、乱心者として裁かれるしかない。

時が止まったようになり、番士たちは息もできずに立ち惚けている。

いや、ひとりだけ突出した者があった。

求馬である。

「潮目さま、お待ちあれ」

後ろから大声を張りあげ、こちらに注意を引きつける。

振りかえった潮目の顔は蒼白で、墓場を彷徨《うろつ》く死人にしかみえない。

「邪魔だていたすか。稲葉丹後は、わしを御目付に引きあげると申した。いったい、どれだけの賄賂《まいない》を渡したとおもうておるのじゃ」

「御城門の内にござります。お刀をお納めくだされ」

「黙れ、下郎《げろう》が」

求馬は滑るように足をはこび、五間の間合いまで迫っていた。

勢いを止めずに近づくと、潮目が袈裟《けさ》懸《が》けに斬りつけてくる。

「なりゃ……っ」

一刀を鼻先で躱し、前のめりになった相手の右腕を取るや、えいとばかりに肩ごと逆さに捻りあげた。

「ぬぎゃっ」

手から刀が落ちる。

小具足《こぐそく》の技で肩の関節を外してやったのだ。

潮目は片膝をつき、ぶるぶる身を震わせた。

狙われた稲葉丹後守は「ちっ」と舌打ちし、何も言わずに石段を上っていく。

「ようやった」

慰労のことばを掛けてくれたのは、後ろで一部始終をみていた秋元但馬守であった。

求馬は但馬守に向きなおり、すっと背筋を伸ばす。

筆頭与力の入江たちが、遅ればせながら駆け寄ってきた。

但馬守は胸をぐいっと反らし、凛然《りんぜん》と指図を繰りだす。

「狼藉者《ろうぜきもの》を牢に繋《つな》いでおけ」

「はは」

入江は直立不動で返事をし、組下の連中ともども潮目を引っ立てていった。

ひとり残った求馬に向かって、但馬守は笑いかけてくる。

「おぬし、名は」

「伊吹求馬にござります」

「持組の同心か」

「はっ」

「刀も抜かず、よくぞおさめた。褒めてつかわす」

「……きょ、恐悦至極《きょうえつしごく》に……ご、ござりまする」

緊張しすぎて、ことばが上手く出てこない。

老中から褒めてもらうことなど、生涯を通じても二度となかろう。

求馬は地べたにかしこまり、潰れ蛙のように平伏《ひれふ》すしかなかった。

「さればな」

但馬守が去りかけたところへ、後ろから偉そうな人物が悠々とやってくる。

老中首座の阿部豊後守正武であった。

幕閣内で張りあう実力者同士が、はからずも対峙するかたちになった。

「但馬どの、不審事があったようじゃな。命を狙われたのは、どなたであろうか」

「稲葉丹後守さまであられます」

「ほう、狙われるとすれば、ほかの御仁《ごじん》かとおもうたが」

「たとえば、どなたにござりましょう」

「そうさな」

阿部豊後守は富士見三重櫓を仰ぎ、眩《まぶ》しげに目を細める。

「勘定奉行の荻原近江守あたりなら、わからぬではない。かの者は何かと敵が多いゆえな。どうせ、口利きの約定を反故《ほご》にしたとかせぬとか、そうした恨みから、乱心旗本がしでかした凶事であろう。丹後どのは清廉《せいれん》潔白を表看板に掲げておられるゆえ、命を狙われるようなことはあるまいとおもうておったが、さにあらずというわけじゃ」

「乱心者の思い込みかもしれませぬ。おそらく、丹後守さまに非はなきかと。それにここだけのはなし、狼藉におよばざるを得ぬ者たちの気持ちもわからぬではありませぬ。何せ、ここ数年だけ眺めても、さまざまな理由で改易となった旗本は数多くございます。無役の者たちは、明日は我が身とおもうておりましょう。幕閣のお歴々に恨みの刃を向けたくなる気持ちも汲《く》んでやらねばなりますまい」

「汲んでどういたす。ろくにはたらきもせぬ連中に飯を食わせつづけるおつもりか」

「みなが等しくはたらけるような場をつくらねばなりませぬ。雪だるまのごとく増えつづける商人からの借りうけについても、利息を減免するなどの施策を講じるべきかと存じまする」

「ふん、弁が立つのう。さすが、上様から侍講《じこう》を命じられるだけのことはある。なるほど、儒学の徒でもあられる但馬どのが仁に基づいた施策を打ちだしたいお気持ちはわからぬでもない。されど、何もかも思惑どおりにいかぬのが政事《まつりごと》というもの。ふふ、さようなこと、釈迦《しゃか》に説法であろうがな」

ふたりは丁々発止《ちょうちょうはっし》、際どい会話を交わしつつも、遠目には和気藹々《わきあいあい》とした様子で中雀門の向こうに去っていく。

求馬は緊張から解きはなたれ、ほっと安堵の溜息を吐いた。

明日になれば、但馬守は自分の名など忘れてしまうにちがいない。

それでも、天下の老中から直々に褒めてもらったことは嬉しかった。

雲上の人々が近しいものにおもえ、何やら誇らしげな気分にもなる。

だが、番士としては褌《ふんどし》を締めなおさねばならない。まんがいち、中之門内で刃傷沙汰でも勃《お》こりようものなら、入江はじめ組下の者たちはすべて腹を切らされたかもしれぬのだ。

「求馬、たいした手柄だったな」

丈太郎が興奮の面持ちで戻ってくる。

「潮目三太夫め、舌を嚙《か》んだぞ」

「まことか」

「ああ、真相は藪の中だ。もっとも、乱心旗本が何を訴えたところで、信じる者などおらぬであろうがな」

誰からも信用されず、舌を嚙んで死ぬしかなかったのか。

求馬には、潮目三太夫が憐れに感じられてならなかった。

二

小石川《こいしかわ》伝通院は風光明媚《めいび》な高台にある。

境内には山桜の木も散見されたが、いまだ蕾《つぼみ》はほころんでいない。

白い花を咲かせているのは、田打《たう》ち桜《ざくら》の異名を持つ辛夷《こぶし》であろう。

夕刻、求馬は田打ちの音を遠くに聞きながら寺領裏の雑木林へ分け入り、朽《く》ちかけた阿弥陀堂の階《きざはし》を上った。咲希が谷垣修也たちに連れこまれた御堂を訪れる気になったのは、誰にも邪魔されずに座禅を組み、心を空《くう》にすることで惨劇を忘れようとおもったからだ。

片隅の暗がりに座って目を瞑れば、無間《むげん》地獄が浮かんでくる。

大釜のそばで苦しんでいるのは、おのれ自身にほかならない。

煮えたつ釜の蓋が開き、六所の藤兵衛が鍵を差しだす。

――わしのことを忘れんでくれ。

半身の溶けかかった盗人は悲痛な顔で拝み、煮え湯のなかにぶくぶく沈んでいった。

求馬の膝前には、託された鍵が置いてある。

隠し蔵とは、藤兵衛たちが押し入った飛驒甚の蔵なのだろうか。

鍵の秘密を解きあかさぬかぎり、悪夢から抜けだすことはできないのかもしれない。

一刻余りも座禅を組み、求馬は目を開いた。
天井の破れ目から見上げれば、夜空に星が瞬《またた》いている。
閉めきった観音扉の向こうに、得体の知れぬ気配が近づいてきた。
階を上る跫音も聞こえたので、求馬は急いで木っ端《こ ぱ》を掻き集めた。
手拭いを裂いて細紐にし、束ねた木っ端を拾った枝に巻きつける。
燧石《ひうちいし》で火を付けると、簡易な松明《たいまつ》ができあがった。
抜き足差し足で近づき、観音扉をそっと開ける。
階の途中から、大きな山狗が睨みつけていた。
それも、一匹や二匹ではない。
「ぐるる……」
いずれも、口端に泡を溜めている。
餓《う》えているのだろう。
──ぶわっ。
求馬が炎を向けると、後退《あとじさ》りしはじめた。
周囲の暗闇には、無数の双眸《そうぼう》が赤く光っている。
阿弥陀堂は何十匹もの山狗に囲まれていたのだ。

人の屍肉《しにく》を好んで啖《くら》う連中だった。人なんぞ屁ともおもっておるまい。何せ、傷つけただけでも、人間さまのほうが磔《はりつけ》にされてしまうのである。

「ぬわあぁ」

求馬は松明を左右に振り、一気に階を駆けおりた。

炎の筋を曳《ひ》きながら、雑木林を脇目も振らずに駆けぬける。

山狗たちは荒い息を吐きながら、背中に追いすがってきた。

雑木林をどうにか抜け、恐る恐る振りかえると、後ろの暗闇は嘘のような静けさに包まれている。山狗の影は何処にもない。

ひょっとしたら、悪夢でもみていたのだろうか。

星明かりに照らされた畦道《あぜみち》をたどっていると、意味もなく泣きたくなってきた。

――されど、弱い。あまりに弱い。

耳許に囁くのは、師の慈雲であろうか。

袂から神田明神のお守りを取りだし、ぎゅっと握りしめる。

「咲希……」

この身を案じてくれる娘への恋慕が、切ないほどに込みあげてきた。

厄介事には首を突っこまず、咲希と所帯をもって持筒組の同心を全《まっと》うすればよい。子をなして多恵を安心させることも、望むべき立派な生き方であろう。
されどと、求馬は唇を噛みしめる。
まことに、それが心の底から望む生き方なのだろうか。
みずからに、問うてみる。
もっと広い舞台で、おのれの力を試してみたくはないのか。
誰もが驚くような手柄をあげ、誰もが羨《うらや》むほどの出世を遂げたくはないのか。
たとえ、血腥い修羅《しゅら》の道であっても、敢然《かんぜん》と進む勇気を持つべきではないのか。
秋元但馬守に褒めてもらったときの感激を、いつぞやかまた味わいたくはないのか。
それらはすべて、私欲から発する忌《い》むべき野心なのだろうか。
堂々巡りの問いかけに囚《とら》われ、迷いがいっそう深くなる。
やがて、正面に組屋敷の木戸門がみえてきた。
大股で近づくと、塀際に人影がひとつ佇んでいる。
足を止めて身構えれば、相手も同じように身構えた。
「誰だ」
声を掛けると、相手は微《かす》かに笑ったようだ。

「伊吹求馬か。おぬし、かなりの遣い手らしいな」

「それがどうした」

名を知られていることに不審を抱きつつも、求馬は強気で言い返す。

相手は挑発に乗らず、いたって冷静に問うてきた。

「死んだ藤兵衛から、何か預かってはおらぬか」

「ん」

おもわず黙りこむと、相手は声をあげずに笑う。

「やはりな。預かったものを頂戴しよう」

「藪から棒に何を抜かす。顔をみせろ」

「ふん、偉そうに」

人影はふわりと塀際を離れ、こちらに近づいてきた。

月代《さかやき》頭の侍だ。目が糸のように細いせいか、感情は読みとれない。

「おぬし、何者だ」

「何者でもよかろう」

「そうはいかぬ。素姓もわからぬ相手に、鍵は預けられぬ」

「ふっ、鍵か。藤兵衛はおぬしに、蔵の鍵を預けたのだな」

しまったと臍《ほぞ》を咬《か》んでも、後《あと》の祭りだった。

鋭く突っこまれて、求馬は居直るしかない。

「欲しければ、力ずくで奪ってみろ」

「ほう、やる気か。それもよかろう。ただし、死ぬぞ」

「たいした自信だな。おぬし、隠密《おんみつ》か」

「まあ、そのようなものだ」

「ということは、誰かの命で動いておるのだな。何故、死んだ盗人のことを探っておるのだ」

「一介の持筒同心に説いてもはじまらぬ。早く鍵を渡せ。おぬしがここで死ねば、母御が悲しもうぞ。よいのか、それで」

相手はぐっと腰を落とし、刀の柄《つか》に手甲《てっこう》を掛ける。

「その構え、居合か」

「さよう。抜くと同時に、おぬしの首は飛んでおる」

「おもしろい」

ふっと、求馬は身を前方にかたむけた。

誘われた相手が、見事な手捌きで抜刀する。

――しゅっ。

一刀はしかし、空を斬った。

面前に、求馬のすがたはない。

「上じゃ」

相手は声に釣られて身を反らし、細い目をいっぱいに開く。

一間余りも跳躍した求馬が、逆落としに落ちてきた。

――ばきっ。

堅い膝が顔面を捉えるや、ぶっと鼻血が吹きだす。

相手はその場にくずおれ、地に降りた求馬は法成寺国光を抜きはなった。

「わしの勝ちだ。命は貰った」

白刃を喉もとに近づけると、相手は苦しげに漏らす。

「……ま、待ってくれ」

「助かりたければ、素姓を吐け」

「……く、公人朝夕人《くにんちょうじゃくにん》、土田伝右衛門《つちだでんえもん》」

「公人朝夕人とはまさか、上様の……」

「尿筒《しとづつ》持ちじゃ。されど、裏の役目がある」

「裏の役目だと、ふん、信じられぬな」

「助けてくれたら、わるいようにはせぬ。おぬしは存外に強い。それほどの腕前なら、使えるかもしれぬ」

「何に使うというのだ」

「わしの口からは言えぬ。おぬしさえその気なら、いずれ推挙する機会もあろう」

助かりたいための方便にも聞こえた。

求馬は一歩退がり、国光を鞘《さや》に納める。

公人朝夕人は鼻血を拭き、よろよろと立ちあがった。

「ふうん、助けるわけか。甘いやつだな。安易に他人を信じると、痛い目に遭うぞ。命を縮めるやもしれぬ」

「助けてやったに、偉そうなことを抜かすな。それより、おぬしは藤兵衛の何を調べておるのだ」

「莫迦め、喋るとおもうのか」

「ならば、鍵は渡さぬぞ」

「よいさ。日をあらためて、また参じるとしよう」

土田伝右衛門と名乗る男は背を向け、矢のように去っていく。

闇に溶けこむ背中を目で追いかけ、求馬は口をへの字に曲げた。

敵か味方かもわからぬ。隙をみせれば命さえ奪われかねないとすれば、敵と考えておくしかあるまい。

それにしても、眉唾《まゆつば》なはなしだ。

将軍直々の密命を帯びた公人朝夕人など、城中にいるはずもなかろう。

ひとつだけ確かなことは、藤兵衛の一件には裏があるということだ。誰かがそれを知りたがっており、怪しげな連中が動いている。だとすれば、なおさら首を突っこむのは止めるべきだが、止めようとおもえばそれだけ、知りたいという衝動を抑えきれなくなる。

「厄介な性分だな」

求馬は吐きすて、木戸口を潜りぬけた。

三

豪勢な雛人形を飾った上巳の節句《せっく》が終わり、小雨混じりの能舞台で「道成寺《どうじょうじ》」

が演じられた町入能も終わった。

日本橋佐内町の焼け跡には、槌音《つちおと》が響いている。

求馬は六所の藤兵衛に言われた台詞をおもいだした。

——この野郎、約定を違えるな。

いったい、誰に向かって恨み言を吐きたかったのか。

六所一味は『飛驒甚』へ押込み、おなごをふくむ奉公人五人を殺《あや》めたうえに、火を放った。当夜は小雨が降っていたこともあり、大きな類焼《るいしょう》は免れたものの、それでも火の脅威は佐内町と周辺の五町におよび、楓川から日本橋大路にいたる町屋は焼きつくされた。

日本橋にも近く、江戸のまんなかと言ってもよいところである。町の再建にあたっては、押込みに見舞われた『飛驒甚』が木材の調達はもちろんのこと、黒鍬《くろくわ》者《もの》から大工の手配にいたるまでおこない、再建に関わる費用のすべてを賄《まかな》うという。

求馬が悩みを打ちあけて助力を求めると、意気に感じた丈太郎がいろいろ調べてくれたのだ。

「焼けだされた貧乏人も大勢いる」

丈太郎は眉間に皺を寄せ、焼け跡から目を逸《そ》らす。

「飛驒甚も賊に隙をみせた罪に問われ、闕所《けっしょ》の沙汰が下されてもおかしくはないが、そうはならなかった」

飛驒甚こと飛驒屋甚五郎《じんごろう》は新興とはいえ、紀文《きぶん》（紀伊國屋文左衛門《きのくにやぶんざえもん》）や奈良茂《ならも》（奈良屋茂左衛門《もざえもん》）の向こうを張るほどの材木問屋、有力な諸大名家とも繋がっているため、幕閣の重臣たちも安易に罰することができない。

「日頃から恩恵を受けているお歴々もおられるようだしな」

「恩恵とは何だ」

「大名貸しさ。飛驒甚はあってなきがごとき金利で、何万両もの金を貸すそうだ。もちろん、見返りを当てこんでのことだがな」

領内の大掛かりな道普請《ぶしん》や川普請、国許の城や江戸屋敷の修繕、それらすべての元請けになれば、莫大な利益が転がりこむ。しかも、危ういときは、遠慮せずに助けてもらう。そのための預け金だとおもえば、たしかに、安いものかもしれない。

「店《たな》をひとつ失った程度で、飛驒甚の屋台骨は揺るがぬ」

かえって、焼け太りの得を手にできると、丈太郎は言う。

「焼け太りの得とは何だ」

「世間から同情されれば、幕閣の見方も甘くなる。何処かで火事が勃《お》これば、飛驒甚に焼け跡の普請を任せようかとなりやすい。紀文も奈良茂も、焼け太りで大きくなった。飛驒甚が二匹目、三匹目の泥鰌を狙っているとしても不思議ではなかろう」

「なるほど、よくそこまで調べたな」

求馬は心底から感心してみせる。

丈太郎は二年ほど昌平黌《しょうへいこう》に通っていたことがあった。みなから一目おかれるほどの才をみせたが、旗本の子弟たちから嫌がらせを受け、辞めざるを得なかった。ただ、今でもそのときに築いた人脈は生きており、評定所《ひょうじょうしょ》や勘定所の下役となった知己《ちき》を訪ね、番方では知り得ぬはなしを仕入れてきたのである。

「解かねばならぬのは、藤兵衛が漏らした台詞の意味だな」

「丈太郎、おぬしはどう解く」

「六所一味を捕まえぬという約定だったとすれば、捕り方に吐いた恨み言になろう」

「ふん、ばかばかしい。凶賊が盗賊改と裏で通じておったと申すのか」

「たとえばのはなしだ」

事実なら、何のためにであろうか。

「藤兵衛は飛騨甚に金を渡され、店を襲うように命じられたのかもしれぬ。一方、盗賊改の荒山さまは、飛騨甚から賊を捕まえてくれるなと頼まれていたのかも」

「まさか、押込みも火付けも、焼け太りを狙った狂言であったと」

「確証はない。ただ、あり得ぬはなしではないということさ。それを証明できるのが、藤兵衛に託された鍵なのかもしれぬ」

丈太郎にしか描けぬ突飛《とっぴ》すぎる筋書きだった。

「いずれにしろ、この一件には裏がある。得体の知れぬ連中も動いておるようだし、止めるなら今だぞ」

「そんなはなしを聞かされて、止められるとおもうか」

「おもわぬさ。それゆえ、飛騨甚の今宵《こよい》の行く先も調べておいた」

「えっ」

「今から向かう。嫌なら止めるぞ」

丈太郎は悪戯っぽく笑う。

求馬は知りたい衝動を抑えきれず、友の背にしたがった。

日没までには、まだ少しの猶予がある。両国広小路《りょうごく》まで歩いて浅草橋を渡り、柳橋《やなぎばし》の船宿から猪牙舟《ちょきぶね》を仕立てた。

「まさか、吉原《よしわら》に行くのではあるまいな」

求馬が胸をどきどきさせながら問うと、丈太郎はこともなげに応じる。

「そのまさかだ。飛騨甚はこのところ北国《ほっこく》に通い詰めでな、江戸町《えどちょう》一丁目にある扇屋《おうぎ》の御職《おしょく》にぞっこんらしい」

「おいおい、そこまで調べたのか」

左手に浅草御蔵の「櫛堀《くしぼり》」がみえてくる。川面に隆々《りゅうりゅう》と枝を突きだしているのは、四番堀と五番堀のあいだに植えられた首尾《しゅび》の松《まつ》にちがいない。

猪牙舟に乗るのもはじめてなら、首尾の松をみるのもはじめてだった。

「わしもそうさ。噂より小さいな」

丈太郎は余裕の顔でうそぶき、舟縁《ふなべり》にもたれかかる。

肚《はら》の据わったやつだな、と求馬は内心で舌を巻いた。

日没も間近となり、突如、川面が紅蓮《ぐれん》に燃えあがる。

「絶景だな」

大川の夕景を目にできただけでも、足労《そくろう》した甲斐《かい》はあった。

求馬は舟縁から身を乗りだし、冷たい川に掌を浸す。

「おい、何をしておる」

「夕陽を掬《すく》おうとおもってな」

棹《さお》を操る菅笠《すげがさ》の船頭が「くすっ」と笑った。

猪牙舟は川面を滑り、今戸《いまど》橋の船着場へ尖った舳先《みよし》を向ける。

山谷《さんや》堀の土手にあがると、辺り一帯は夕闇に包まれていた。

耳を澄ませば、土手八丁の彼方から風にはこばれ、三味線の清搔《すががき》が微《かす》かに聞こえてくる。

行き方だけは知っているので、ふたりは肩を並べて日本堤《にほんづつみ》を歩きはじめた。

遊客を乗せた辻駕籠《つじかご》に追いぬかれるたびに、いやが上にも緊張は高まっていく。

道端の編笠《あみがさ》茶屋で編笠を買ってかぶり、見返り柳の手前から左手の衣紋《えもん》坂を下りていった。

板葺《ぶ》きの大門《おおもん》を目にすると、踵《きびす》を返したくなる。

「咲希には黙っておるゆえ、ちと遊んでいくか」

丈太郎に軽口を叩かれ、求馬は真顔で激昂《げきこう》した。

「何を申すか。遊びにまいったのではないぞ」

「はは、冗談だよ。だいいち、遊ぶ金もないしな」

心《しん》ノ臓《ぞう》をばくばくさせながら大門を潜ると、真正面に桜の大木が聳《そび》えていた。

一陣の旋風が吹きぬけ、真っ白な桜花が吹雪のように舞いはじめる。

「おお」

まさに吉原、極楽と呼ぶにふさわしい。

桜並木の築かれた仲之町《なかのちょう》を挟んで左右には、軒行燈《のきあんどん》と鬼簾《おにすだれ》の目立つ引手茶屋《ひきて》がずらりと連なっている。畳敷きの揚縁《あがりえん》に座って長煙管を喫《ふ》かしているのは、伊達兵庫《だてひょうご》に結った髪を鼈甲《べっこう》の櫛笄《くしこうがい》で飾りたてた遊女にほかならない。

「おったな。錦糸《きんし》の羽二重で着飾っておる。あれはまちがいなく、太夫だぞ」

あくまでも冷静な丈太郎が不思議でたまらない。

求馬は息継ぎもままならず、うなずくことしかできなかった。

丈太郎は揚縁に近づき、遊女のそばに侍《はべ》る七つほどの禿《かむろ》に尋ねる。

「江戸町一丁目の扇屋は何処かな」

禿はにっこり微笑むと、振袖の袂を抱えて指を差した。

「今宵は飛驒甚さまの総仕舞《そうじま》いでありんすよ」

妙な言葉遣いで言い、ふっと妖しげに微笑む。

「総仕舞いとは何だ」

丈太郎に問うと、太夫が流し目を送ってくる。

求馬はどきりとし、歩きながら蹌踉《よろ》けてしまった。

横道をしばらく進めば、朱色の大籬《おおまがき》へたどりつく。

「おっと、ここだな」

「待て、丈太郎。遊ぶ金も無いのに、どうやって潜りこむのだ」

「まあ、任せておけ」

胸をぽんと叩き、頼れる友は暖簾《のれん》を振り分ける。

さっそく、妓夫《ぎゆう》に声を掛けられた。

「お客人、今宵は総仕舞いでござんすよ」

「客ではない。飛驒甚に呼ばれてまいった」

「ひょっとして、用心棒の旦那方で」

「いかにもそうだが、刀を預けねばならぬのか」

「いちおう決まりだもんで、へへ」

丈太郎に目配せされたので、求馬は大小を鞘ごと抜く。

妓夫に刀を預けると、腰が軽くなりすぎて、不安のほうが募ってきた。

「用人棒の旦那おふたり、ご案内」

妓夫が声を張り、内から誰かの返事が戻ってくる。

敷居をまたぐと、鼻先に八間《はちけん》の灯《あか》りが迫ってきた。

「極楽浄土へようこそ」

消炭《けしずみ》と呼ばれる若い男が、揉《も》み手で案内にやってくる。

二階の大広間からは、賑やかな笑い声が聞こえた。

「宴もたけなわにござりますよ、ぐふふ」

消炭の顔が、潮干狩りの浜で拾った平目《ひらめ》にみえる。

ふたりは奥の大階段から、二階へのぼっていった。

四

大広間の上座には、主賓《しゆひん》の侍が偉そうに座っていた。

太い眉にぎょろ目、総登城の際に中之門で何度かみたことのある顔だ。

「あれは荒山さまだぞ」

丈太郎が囁くとおり、盗賊改の長官《かしら》にちがいない。

かたわらでは、飛騨屋甚五郎とおぼしき赭《あか》ら顔の五十男が、幾重にも着物を着込んだ遊女に酌をさせている。下膨《しもぶく》れの顔といい、突きでた太鼓腹といい、まるで、深海を提灯《ちょうちん》で照らす鮟鱇《あんこう》のようだった。

ともあれ、飛騨甚と荒山勘解由が懇《ねんご》ろであることにまちがいはなさそうだ。

「あの、すみませんけど、旦那方の御座敷はあちらにご用意してござります」

消炭が困ったように言うので、仕方なく、大広間をのぞむ廊下から離れる。

案内された片隅の部屋では、持弓組の同心たち数人が新造《しんぞう》を侍らせ、乱れた様子で酒盛りをしていた。

「お仲間をお連れしました」

消炭が声を張っても、誰ひとり振り向かない。

色気を振りまく新造しか目にはいっておらぬのだ。

廊下からひょいと覗き、求馬は部屋に背を向けた。

「丈太郎、まずいぞ」

石動敬次郎が、上座にでんと座っている。

「そこに立っておるふたり、こっちに来い」

みつかった。仕方なく、上座に近づいていく。

「おぬし、何処かでみた顔だな」

石動はかなり酒を呑んでおり、求馬のことをおもいだせずにいた。

「組下の者ではないな。ふん、まあよい。こっちに来て、わしの盃を受けよ」

言われるがまま隣に座り、なみなみと注がれた盃を空ける。

二杯、三杯と空けるうちに、気持ちが大きくなってきた。

「石動どの、盗賊改の役人が悪所通いとはいただけませぬな。こんなことでは、悪党どもから嘗められますぞ」

厳しい口調でたしなめると、石動はぎろりと目を剝く。

「何だと、おぬし、お長官《かしら》のやることに逆らうのか」

「やはり、荒山さまのご意向でしたか。されど、何故、盗賊改のお長官ともあろうお方が商人なんぞに尻尾《しっぽ》を振るのでしょうな」

「……し、尻尾を振るだと。おのれ、お長官を愚弄《ぐろう》する気か。成敗してやるゆえ、そこで待っておれ」

石動は立ちあがり、肩を怒らせながら部屋から出ていった。

一階へ刀を取りにでもいったのだろう。刃傷《にんじょう》沙汰は御免なので、求馬と丈太郎も部屋から逃れた。

大階段を下りると、表口が何やら騒々しくなる。

堂々とあらわれたのは、頭巾で顔を隠した人物だった。

左右に供人《ともびと》をしたがえている。風体から推《お》せば、相当に身分の高い侍であろう。

さきに下りていた石動が、何と三和土《たたき》で平伏していた。

求馬は丈太郎と顔を見合わせ、大階段の後ろに隠れる。

上から急いで下りてきたのは、飛騨甚にほかならない。

転ぶほどの勢いで板の間を横切り、見世《みせ》の主人と女将も呼びつけて出迎える。

「これはこれは、姫野《ひめの》さま。きれいどころがお待ちかねでござりますぞ」

軽口を叩くと、姫野と呼ばれた人物は軽くうなずいた。

草履を脱いで板の間を歩き、飛騨甚に導かれながら大階段を上っていく。

「真打ちのようだな」

丈太郎が囁いてきた。

「どうする、素姓を探るか」

「ふむ、そうしよう」

石動は目途《もくと》も忘れ、手ぶらで二階へ戻っていった。

求馬と丈太郎は表口に向かい、草履取りや妓夫に「姫野」の素姓を聞いてみる。

奉公人たちは知らないようだった。あるいは、口止めされているのかもしれない。

不審そうに首をかしげる妓夫から大小を返してもらい、ふたりは見世から外へ出た。

ひんやりとした夜気が酒のはいった身には心地よい。

ふたりはしばらく露地裏を彷徨《うろつ》き、籬の内を素見《ひやか》したり、仲之町に戻ってどんつきの水道尻《すいどじり》まで歩いたりしながら時を過ごした。

迷いこんださきは、東端の吹きだまりである。

「羅生門河岸《らしようもんがし》だな」

丈太郎は顔を顰《しか》めた。

賑やかな表通りとは異なり、間口四尺（約一・二メートル）余りの切見世《きりみせ》が連なっている。

道のかたわらには真っ黒な溝《どぶ》が淀《よど》んでおり、鼻を摘まみたくなるほどの悪臭を放っていた。遊女の逃亡を防ぐためか、溝の向こうには忍び返しの付いた黒塀が巡らされてある。

「ちょいと、旦那方、遊んでおいきよ」

やたら縞《じま》の粗末な着物を纏《まと》った女が、懐手《ふところで》でつっと近づいてきた。

白壁と化した顔は罅割《ひび》れており、前歯の抜けた口で笑いかけてくる。

座敷も部屋もない割床で、ひと切り百文の客を取る。ここは零落《れいらく》した遊女たちの稼ぎ場であり、死に場所なのだ。それに気づいた途端、求馬は安易な気持ちで大門の内へ踏みこんだ自分を嫌悪したくなった。

「けっ、用がないんなら、あっちへお行き」

けんもほろろに追いたてられ、丈太郎ともども江戸町一丁目に戻ってくる。

すると、ちょうど表口から、姫野と称する頭巾侍が出てきたところだった。

見世の連中や飛騨甚だけでなく、荒山を筆頭に盗賊改の連中も見送りに出てくる。

やはり、身分の高い人物なのだろう。

姫野ら一行をやり過ごし、求馬たちは後ろから追いかけた。

大門から外へ出ると、立派な駕籠が待ちかまえている。

姫野は駕籠に乗り、供人は左右にしたがった。

駕籠が持ちあがり、静かに滑りだす。

それと同時に、大門《おおもん》の扉が閉められた。

——ごおん。

遠くに聞こえているのは、亥ノ刻を報せる浅草寺《せんそうじ》の時鐘《じしょう》だろう。

「あん、ほう、あん、ほう」

駕籠かきは鳴きを入れ、衣紋坂を一気に駆けあがると、右手の今戸橋ではなく、左手の三ノ輪《みのわ》のほうへ向かう。

真っ暗な土手道から寛永寺《かんえいじ》周辺の寺町へはいり、下谷《したや》御成街道をひたすら駆けて筋違《すじかい》御門へたどりつく。そこで姫野は駕籠を降り、船着場まで下りていった。

どうやら、神田川を船で遡上《そじょう》するつもりらしい。

幸い、別の船をみつけられたので、少し間合いを取りつつ、慎重に船尾を追う。流れは緩慢だし、風もほとんど吹いていないので、艫灯《ともあか》りを見逃すことはなかった。

船が纜を投じたさきは四谷御門の手前、陸《おか》にあがれば番町《ばんちょう》の武家地が広がっている。

主従一行が消えたのは、麹町《こうじまち》十丁目にある大名屋敷であった。

丈太郎が口を尖らせる。

「あれは成瀬《なるせ》さまの御上屋敷だぞ」

「成瀬さまと申せば、尾張《おわり》さまの付家老《つけがろう》ではないか」

当主の成瀬隼人正《はやとのしょう》は付家老とは申せ、尾張犬山《いぬやま》藩三万五千石《ごく》を領する大名でもある。御三家筆頭の尾張家が後ろ盾だけに、幕閣もその発言を無視できぬほどの人物だった。

頭巾侍が成瀬家の重臣だとすれば、はなしはいっそう入りくんだものになる。

一介の番士が立ち入る余地はないし、立ち入るのは危ういとしかおもえなかった。

「帰るぞ」

主従が屋敷内に消えたのを確かめ、求馬は丈太郎を促す。

物陰から離れたとき、ふいに殺気が膨らんだ。

地の底から、何かが浮かびあがってくる。

「うわっ」

人だ。

渋柿色の筒袖に目出し頭巾、忍び装束の相手が白刃を薙ぎあげてきた。

――しゅっ。

左肩を斬られながらも、求馬は抜き際の一刀を繰りだす。

相手は二間余りも跳躍し、ふわりと地に舞いおりた。

「おぬしら、何者じゃ」

くぐもった声で誰何《すいか》されても、応じるはずがない。

「ならば、死ぬか」

忍びが顎をしゃくると、背後からも殺気が迫った。

ふたつの影が白刃を抜き、左右から襲いかかってくる。

丈太郎を背にかばい、求馬は身構えた。

「くっ」

斬られた左肩に激痛が走る。

上段から振りおろされた一撃を、片手打ちで何とか弾いた。

が、相手は掛け値無しに強い。

手練《てだれ》三人を相手に、右手一本ではとても戦えまい。

不本意だが、死を覚悟しなければならなかった。

「わしも戦う」

丈太郎を押しとどめ、求馬はぐっと腰を落とす。

「つぎで終わりだ」

ふわっと、ひとりが跳んだ。
——びん。
刹那《せつな》、あらぬ方角に弦音《つるおと》が響く。
「うっ」
跳んだ忍びの背中に、矢が深々と刺さった。
ほかのふたりは地に伏せ、飛来した矢の軌道を探る。
——びん。
二の矢が闇を裂き、忍びの頭上を掠めていった。
最初に射られた忍びは、ぴくりとも動かない。
おそらく、即死だったのであろう。
「ぬうっ、退散じゃ」
残ったふたりは仲間の屍骸《むくろ》を置き去りにし、脱兎《だっと》のごとく駆けだす。
そして、闇に消えた。
と同時に、求馬もその場に倒れこむ。
傷口から血を流しすぎたのだろう。
「求馬、しっかりしろ」

丈太郎の声が、次第に遠ざかっていく。

それにしても、いったい誰が助けてくれたのだろうか。

薄れゆく意識のなかで、求馬はそんなことをおもった。

五

翌朝、求馬は組屋敷の褥《しとね》で目を覚ました。

跳ね起きようとするや、左肩に激痛が走る。

「三日は安静にしたほうがよいと、お医者さまは仰せでしたよ」

多恵が粥《かゆ》を盆に載せてきた。

ぐうっと、腹の虫が鳴る。

「まあ、正直だこと」

褥から抜けだして片手で篦《へら》を使い、どうにか粥を腹に入れた。

「それにしても、辻斬りに遭うとは、不覚にもほどがありますね」

「辻斬り」

「ええ、丈太郎どのから伺いましたよ」

「あっ、そうですか」

丈太郎は込みいった経緯を説かず、辻斬りのせいにしてくれたらしい。

「十日も養生すれば、元通りに動くだろうとのことです。お医者さまが仰るには、斬られてすぐにしていただいた手当てのおかげとか」

「丈太郎に感謝せねばなりませんな」

「もちろんです。でも、手当てしてくださったのは、別のお方ですよ」

「えっ」

「男髷の女性《によしよう》だそうです。重籐《しげどう》の弓を提げてあらわれ、傷口を水で丁寧に洗ってお歯黒《はぐろ》を塗り、針と糸で器用に縫いあわせてくださったとか」

「母上、鏡をいただけませぬか」

鏡を使って左肩の縫合箇所を映すと、なるほど、上手に縫ってある。お歯黒は白膠木《ぬるで》の虫瘤《むしこぶ》から採取する五倍子《ごばいし》の粉で、血止めに効くことはひろく知られていた。まんがいちのために携行しているとなれば、修羅場を潜りぬけてきた人物にちがいなかろう。

「女性か」

成瀬家や飛驒甚の周囲を探っている隠密であろうか。だとすれば、上田伝右衛門なる公人朝夕人と関わりがあるのかもしれない。

「齢はそなたと同じくらい。凜《りん》とした横顔に、丈太郎どのは目を奪われてしまわれたそうです」

余計なことを喋ったとおもったのか、多恵はそれきり口を噤《つぐ》んでしまう。

幸い今日は非番だったので、一日ゆっくり休むことができそうだ。

しばらくすると、小頭の水田平内が血相を変えてやってきた。

「多恵どの、おられますか。柏木丈太郎に聞きましたぞ。求馬が辻斬りに斬られ、たいそうな怪我を負ったと。塩梅《あんばい》はいかがです」

表口で勝手に喋っているので、多恵よりもさきに顔を出してやった。

「おう、求馬。休んでおらずともよいのか」

「ええ、たいした傷ではござりませぬ」

「さようか。それを聞いて安堵したぞ。じつは、持筒組の頂点を決める申し合いが四日後と定まってな。急なはなしじゃが、こたびの申し合いには組の名誉が懸かっておるゆえ、おぬしには是非とも勝ってもらわねばならぬ。怪我のことは組下の連中にも口止めしておくゆえ、おぬしは余計なことを考えず、おもう存分に戦うがよい」

「はあ」

「して、多恵どのはどうなされた」

「奥におりますが、呼びましょうか」

「ん、いや、今日はよい。おぬしに用があったゆえな」

「はあ」

「何だ、その顔は。勘違いするでないぞ。わしは妻子持ちゆえ、他家の女性に懸《け》想《そう》はせぬ。ただな、おぬしの母御は別格なのだ。何やらこう、雅《みやび》な香りがしてなあ。じつは、おぬしに一度、尋ねてみようとおもうておった。噂によれば、多恵どのは京の都の生まれだとか。それは、まことであろうか」

「根も葉もない噂にござります。さようなはなし、聞いたことがありませぬからな」

言下に否定すると、水田はつまらなそうな顔をする。

「ふん、さようか。おぬしが申すなら、それが真実《まこと》なのであろう。何やら興醒《きょうざ》めだが、ま、多恵どのが美しいことに変わりはない」

母を邪《よこしま》な目でみられているような気がして、何とも居たたまれなくなる。

顔をおもいきり顰めると、水田はへらへら笑いながら去っていった。

入れちがいにあらわれた多恵は、いくぶん蒼醒めた顔をしている。

「母上、聞いておられましたか」

「ええ」

「水田さまはあいかわらず、妙なお方でござりますな」

多恵が黙って考えこむので、求馬は首を捻るしかない。

「母上の出自が京の都だなどと、突飛なことを仰います」

「突飛なはなしではありませぬ」

「えっ」

「いずれ、そなたには、きちんとはなさねばならぬとおもうておりました。そこにお座りなさい」

「はあ」

緊張した面持ちで床に座ると、対座した母が挑むように顎を持ちあげた。

「先日、稲葉丹後守さまを凶刃から守ったそうですね。そのおはなしを伺い、わたしは因縁を感じざるを得ませんでした。今から十九年前、そなたが三つのとき、わたしは京都所司代であられた稲葉さまに救っていただき、御所から逃れたのでござります」

「御所とは、天子さまのおわす京都御所のことでしょうか」

「いかにも。そなたの父は長年、地下官人《じげかんじん》の外記方《げきかた》に属する内舎人《うどねり》をつとめておられました」

内舎人とは御所を警邏《けいら》する役で、身分はさほど高くないが、天皇家に仕える歴とした役人にほかならなかった。一方、多恵は五摂家筆頭の近衛《このえ》家に仕える賄い方の女官であったという。当主の近衛基熙《もとひろ》が左大臣に任じられていたときに知りあい、夫婦となることを認めてもらったらしかった。

ところが、近衛家の後ろ盾だった後水尾《ごみずのお》法皇が崩御《ほうぎょ》すると、親政をはじめた霊元《れいげん》天皇から基熙は位こそ上がったものの冷遇され、近衛家に関わりのある者たちもすべて御所から遠ざけられてしまった。

「そなたの父も内舎人の役を解かれ、御所の外へ放逐されました。一方、近衛家にすべての奉公人の面倒をみる余裕はありませぬ。途方に暮れていたやさき、常から目を掛けていただいていた稲葉さまに、出自を隠したうえで幕臣にならぬかとお誘いいただいたのです」

稲葉は御所内で、徳川家に恨みを持つ刺客から襲われたことがあった。偶さか、そばを警邏《けいら》していた父に救われ、九死に一生を得たのである。

「稲葉さまは、助けられたことを恩に感じておられたそうです。その日の糧《かて》にも困っていたわたしたちは恥を忍んで、おことばに甘えるしかなかった。あれから十九年も経って、そなたも父と同様、稲葉さまを中之門内で助けてさしあげた。これを因縁と呼ばずして、何と呼べばよかろう」

多恵は絶句し、感極まってしまう。

今まで黙っていたのは、御所の役人であったことを忘れるためだった。徳川家のために尽くすと誓った夫の気持ちを無にしたくはなかったが、いずれ頃合いをみて告げるつもりではいたという。

突然の告白を受けて、はいそうですかとはならない。

自分の根っ子が何処にあるのかは、侍にとってきわめて重要なことだ。

京の都については何ひとつおぼえておらぬし、御所や天子や近衛家などと言われても他国のはなしでしかない。求馬の頭は混乱していた。

「徳川家への忠義よりも大切なことがある。それは救っていただいた恩人への感謝を忘れぬことじゃ。だいじな申し合いのまえに、はなすべきではなかったかもしれませぬ。されど、そなたなら、乗りこえてくれるものと信じております」

母は左手を使えぬことよりも、出自に関わる重い事実を告げたことのほうを案じた。案じるくらいなら、黙っておいてほしかったともおもう。心の動揺がどれだけ真剣勝負に影響をおよぼすのか、理解できぬはずもなかろうに。

ともあれ、求馬は何としてでも、持筒組の頂点に立ちたかった。

「あと四日」

片手打ちの技を磨かねばならぬ。

家を飛びだし、青雲寺へ向かった。

正面だけを見据えてひたすら歩き、門前へたどりついたものの、門を潜ることはできなかった。

――修羅の道を進むと申すなら、二度と寺の山門を潜るでないぞ。

慈雲に言われたことばが、ずっしりと胸に響いてくる。

山門に背を向け、とぼとぼ畦道を歩いた。

山道を登り、気づいてみれば、山桜も散りかけた道灌山の頂上に立っている。

艮《うしとら》の方角を俯瞰《ふかん》すれば、豊島《としま》と足立《あだち》二郡の田圃が彼方まで広がり、くねくねと蛇行する荒川《あらかわ》もみえた。遥か彼方には、筑波山《つくばさん》がでんと構えている。

「くそっ、やってやるからな」

凜々と、勇気が湧いてきた。

求馬は腐りかけた木の枝を拾い、右手一本で左右に振りおろす。

「やっ、えい、はっ、と」

鹿島神社の神官がおこなう禊祓いの要領で素振りを繰りかえし、それが終わると筑波山に向かって一礼してみせた。

ためしに、恐る恐る左腕を動かしてみる。

少し持ちあげただけでも、激痛が走った。

「焦るな」

みずからに言い聞かせ、ふたたび、片手打ちに構える。

「やっ、えい、はっ、と」

夕陽が飛鳥山《あすかやま》を朱に染めるまで、求馬は枝を振りつづけた。

六

弥生十一日、快晴。

八組の持組を統轄するのは、若年寄の吉倉河内守昌謙である。

寄合旗本から大名となり、三奉行にも就かずに若年寄となった。周囲も驚くほどの大抜擢であったが、これには幕閣で二番目の実力者と目される秋元但馬守の意向が反映されたとも噂されている。

ともあれ、与力同心合わせて約五百人からなる持組番士の頂点を決める申し合いは、西御丸下にある吉倉河内守の上屋敷において催された。

求馬の勝利を願って、咲希はお百度を踏んだという。丈太郎が寄こした咲希のお守りは、多恵に頼んで左袖に縫いこんでもらった。使えぬ左手の代わりに、天運を味方につけようとおもったわけではない。応援してくれる人の気持ちを励みにかえ、みずからを鼓舞《こぶ》するためにやったのだ。

天運などに頼らずとも、求馬には右手一本で勝てる確乎《かっこ》とした自信がある。丸四日のあいだに練りあげたのは、技ではなく、禅の精神にほかならない。つまるところ、それは本番の舞台でいかに虚心を保つかということに尽きる。強敵と真剣で対峙したとき、かならず人は不利不測の事態を恐れ、みずからの心に迷いを生じさせる。心の迷いを断ちきって無心になれば、右手しか使えぬことさえもあたりまえのように受けいれられるのだ。

申し合いの勝敗は、木刀による寸止めで決するものとされていた。

だが、真剣で立ちあうのと同じ覚悟で挑まねば、勝ちを得ることはできまい。

そもそも、こたびの申し合いは秋元但馬守の命によるもので、上から三人を決めるための選抜試合であったが、各組から選ばれて参じる者たちは当然のごとく、頂点に立つことしか考えていなかった。

最初に誰と当たるかは、籤《くじ》引きで決めるようにと命じられた。

八人の頂点を極めるには、三度戦って勝利しなければならない。

「一発勝負じゃ。負ければ、そこで終わり、屋敷から出ていってもらう」

裃姿の吉倉河内守は大広間のまんなかに座り、短くとも力強い訓示を述べる。

温厚な顔が一瞬だけ、鬼に変わったように感じられた。

左右には同家の用人たちが居並び、大岩左近将監や荒山勘解由など持組を差配する頭たちも雁首《がんくび》を揃えている。

求馬はみずから籤を引いた。

誰と当たるかはわからない。一戦目から荒山組の石動敬次郎と対戦するやもしれなかったが、そんなことはどうでもよかった。相手が誰であろうと、心の保ちようは変わらない。戦う相手は、おのれ自身なのだ。

——どん、どん、どん。

開始を告げる太鼓の音が響いた。

臍下丹田《せいかたんでん》に力の源が落ちてくる。
求馬は名を呼ばれ、広縁の袖から歩みだした。
対戦する相手は小柄だが、すばしこそうにみえる。
組も名も知らない。知る必要などなかった。
「両者、前へ」
行事役に促されて中央に進み、正面に向かってお辞儀をする。
左右に分かれてたがいに一礼したあと、求馬は木刀を片手持ちの青眼に構えた。
「ん」
相手は戸惑いつつも、敏捷《びんしょう》な身のこなしで迫ってくる。
左右へのめまぐるしい動きから推すと、タイ捨《しゃ》流の遣い手であろうか。
こちらの目線を外しつつ、おもいがけぬ方向から突いてくるものと予想した。
「へやっ」
予想どおり、斜め左から中段突きを繰りだす。
ただし、中段突きは誘いの一手にすぎない。
太刀筋は鋭く、無外流の鳥王剣に近かった。
木刀の先端が膨らんだやにみえ、つぎの瞬間、突きから小手打ちに転じてくる。

行司役や端でみている者にとっては、じつに巧みな手捌きだったにちがいない。

だが、求馬には相手の木刀が止まってみえた。

「ふおっ」

左袖をひるがえし、独楽《こま》のように回転する。

右手と一体になった木刀の先端は、相手の首筋を捉えていた。

ちょんと軽く打っただけで、タイ捨流の手練は床に這《は》いつくばる。

気に潰されたのだ。痛みはあるまい。

「……そ、それまで」

呆気《あっけ》ない幕切れに、行司役の声も追いつかない。

求馬は一礼し、登場の際と同じ歩調で袖に戻っていった。

大広間はざわついている。今日の勝負を賭けの対象にしている者も少なくない。

もちろん、下馬評がどうなっているのかなど、求馬には知る術《すべ》もなければ興味もなかった。

ほかに三人の勝者が定まり、求馬は二戦目にのぞむこととなった。

正午を過ぎても、腹は少しも減らない。

握り飯を頬張る者もあったが、石動敬次郎かどうかはわからなかった。

勝ち残るのは本人次第、すでに負けて屋敷から去ったかもしれぬ。

二戦目に対峙した相手は、荒武者と呼ぶにふさわしい巨漢だった。

下馬評では、求馬より上に位置づけられているにちがいない。

相手の体格を意識すれば、萎縮《いしゅく》するのはあたりまえだ。

ただの岩とおもえばよい。

「はじめっ」

行司役の掛け声とともに、巨漢は大上段に構えを取る。

対峙する者を上から威圧し、気で呑みこむ策であろう。

構えから推せば、柳生新陰流の遣い手とおもわれた。

鼻息も荒く床を蹴り、真っ向から打ちかかってくる。

「ぬはっ」

これを受けずに鼻先で躱し、求馬はひらりと横へ逃れた。

巨漢は前のめりになりつつも、丸太のごとき足で踏みとどまる。

右上段の肩に木刀を担ぎ、右足を前に繰りだしながら身を沈め、今度は下方から狙いを定めてきた。

九箇之太刀《くかのたち》の奥義、必勝《ひっしょう》であろうか。

太刀筋を隠し、死角から胴を斬りあげる秘技だと、慈雲に教えられた。

ならばと、求馬は全身の力を抜き、木刀を握った右手をだらりと下げる。

構えは柳生新陰流の転《まろばし》、秘中の秘と称される技の形が脳裏に閃いたのだ。

鹿島新當流を土台にしつつも、求馬は相手に応じて変幻自在に形を変えてみせる。

——変化《へんげ》。

それこそが慈雲に教わった剣の極意であり、いわば「慈雲流」と呼ぶべきものかもしれなかった。

「小癪《こしゃく》な」

巨漢は伏せた虎のごとく、下から伸びあがってくる。

だが、果敢《かかん》な胴打ちを繰りだすことはできなかった。

求馬の木刀が一瞬早く、巨漢の眉間を突いたのだ。

「ぬごっ」

ごく浅い傷であったが、夥《おびただ》しい血が流れた。

巨漢は負けたことに納得できず、広縁の袖に退がっても顔を血で染めながら口惜しげに吠えつづけた。

そして、ついに雌雄《しゆう》を決するときが訪れた。

持組随一の遣い手を決める最後の戦いは、舞台に西日が深く射しこむ刻限にはじまった。

向こうの袖からのっそりあらわれたのは、石動敬次郎にほかならない。

揺るぎない自信を身に纏い、笑みさえ浮かべながら近づいてくる。

やはり、最後の舞台までたどりついたか。

意識せぬようにしても、無理なはなしであろう。

石動にだけは勝ちたいという欲が、ひょっこり顔を出す。

荒山組で「摩利支天の再来」と称される男は、東軍流の遣い手だった。

同流は中条《ちゆうじよう》流の流れを汲み、多彩な小太刀の技を有している。そうかとおもえば、打《う》ち間《ま》を長く取る片手打ちにも長じ、求馬も雷光《らいこう》なる片手打ちの技を参考にした。

常のように相手との間合いを重視し、胸を狙った一尺斬り、肩から上を狙った八寸斬り、頭頂の百会《ひやくえ》を殺《そ》ぎにかかる五寸斬りと、連尺《れんじやく》で計ったかのごとく正確な技を繰りだす。そして、最後は相手の懐中へ飛びこむ微塵《みじん》によって止《とど》めを刺すのだ。

太刀の下に活路を見出す捨て身の技を極め、無明《むみょう》と呼ばれる心の迷いを断ちきらねば死を待つのみと伝書は説く。免状を与えられるのは、いかなる逆境でも無明を断つことができる修行を積んだ者だけであった。

石動と肩を並べ、吉倉河内守に向かって一礼する。

「ふむ。双方とも、存分に戦うがよい」

重々しい若年寄のことばを耳にしても、このときはまだ虚心を得られていなかった。

右手一本では歯が立つまいと、求馬は弱気にさえなっている。

そのまま左右に分かれて立ち、行司役の掛け声を待った。

「はじめっ」

求馬は撞木足《しゅもくあし》になり、丹田に気の塊《かたまり》を落とした。

片手持ちの青眼に構えると、石動は眉間に皺を寄せる。

妙な構えに気取《けど》られまいと、慎重に探りながら間合いを詰めてきた。

五間まで迫り、つつっと横歩きに移動しはじめる。

無声の剣とも呼ばれる東軍流に気合いはない。

ふっ、ふっ、と気息《きそく》だけが聞こえてきた。

東軍流で慈雲から学んだ技は、木霊《こだま》返しだ。
目を瞑り、殺気を感じたら、虚心で打ちぬく。
石火の機を捉え、即座に打たねばならない。
石動が爪先で躙《にじ》りよってきた。
求馬は静かに眸子《まなこ》を瞑る。
――拍子を知れ。五感で兆しを察するのじゃ。
慈雲の囁きが聞こえた。
左か。
動かぬ手のほうへ、気配が迫る。
それでも、求馬は目を開かない。
手鏡のなかに、おのれがみえた。
半眼でこちらを見据え、打ちかかる隙を窺っている。
来るか。
ほんのわずかな気息の変化、空気の揺らぎでわかった。
求馬は目を瞑ったまま、木刀を片手持ちの右八相に構える。
「ふっ」

相手は気合いもなく、打ちこんできた。
百会を狙った五寸斬り、存外に間合いは近い。
退きもせず、受けもせず、求馬は体を入れかえる。
今だ。
目を開けた。
死中《しちゅう》に活《かつ》を求め、入り身で飛びこむ。
目に映ったのは、白刃にほかならない。
嘗めるほどの至近で躱し、木刀の柄頭《つかがしら》を突きあげる。
――がつっ。
禁じ手ではない。
卑怯《ひきょう》も糞《くそ》もなかった。
これは生きるか死ぬかの勝負なのだ。
――修羅の道を進まんとするならば、呵責《かしゃく》無く殺人刀をふるう覚悟を決めねばならぬ。
ふたたび、慈雲の声が聞こえてくる。
突如、喝采《かっさい》が嵐のように湧きあがってきた。

すでに、勝負は決している。

足許に目をやれば、顎を砕かれた石動敬次郎が倒れていた。

七

若年寄の吉倉河内守には「あっぱれであった」と、満面の笑みで褒められた。

「御老中の秋元但馬守さまが手練をお探しゆえ、機会があれば推挙申しあげておこう」

と、みなのまえで、ありがたいことばも頂戴した。

本郷の組屋敷へ戻ると、同心たちが勝利を祝ってくれた。

夜になると筆頭与力の入江磯左衛門も角樽《つのだる》を提げて訪れ、おなごたちは多恵を手伝って酒の肴《さかな》をこしらえたり、宴を盛りあげる裏方の役目を引きうけてくれた。咲希も丈太郎といっしょに顔を出し、誰よりも多恵の役に立っていたが、求馬は祝い酒をたらふく呑まされて酩酊《めいてい》し、礼を言うこともできなかった。

——かちゃ、かちゃ、かちゃ。

翌朝、二日酔いの頭で目を覚ますと、母は四つ打台のまえに座り、組紐の内職に精を出していた。昨夜は入江や水田たちをまえに誇らしげにみえたものの、顔色が優れぬように感じられ、嫌な咳も出ているので気になった。

それでも、膳に並べられた餉《かれい》は豪勢なものだった。目黒《めぐろ》からわざわざ百姓が売りにきた筍《たけのこ》を使った付け焼きに煮物に木の芽和《あ》え。筍尽くしの圧巻は、筍を茹《ゆ》でて薄く短冊に切り、米といっしょに炊き合わせた筍飯である。おまけに、洲《す》崎《ざき》で採れた大きな蛤《はまぐり》の吸い物までついていた。

湯気の立つほかほかのご飯を口にすると、何とも言えぬ幸せな気分になった。

「紛《まご》うかたなき春の香り、というやつだな」

櫃《ひつ》ごと抱えるほどの勢いで食べ、満腹の腹を擦《さす》りながら欠伸《あくび》をする。

そこへ、風呂敷を担いだ組紐屋がひょっこりあらわれた。

「おや」

利平という優男の手代ではない。

みるからに誠実そうな腰の低い若手だ。

「はじめてお目に掛かります。手前は山城屋の清吉《せいきち》と申します」

多恵はすでに馴染《なじ》みのようで、かたわらから口添えする。

「清吉さんはね、山城屋さんの若旦那ですよ」

「えっ」

清吉は風呂敷を解《ほど》きながら、ぼそぼそ説きはじめた。

「お恥ずかしいはなし、手代の利平が通い奉公の娘に手を出したあげく、帳場の金子《きんす》を盗んで夜逃げいたしました」

八方手を尽くして探し、板橋宿《いたばしじゆく》の木賃宿《きちんやど》に隠れているのがわかった。大旦那に命じられて清吉が足労し、本人に事情を聞いたところ、泣いて許しを請《こ》うたので町奉行所には訴えずに済ませた。奉公人たちへのしめしがつかぬので、店に置いておくわけにはいかず、路銀《ろぎん》をいくらか渡したうえで逃がしてやったのだという。

「奉公人の不始末を寛大な心で許す。なかなかできることではありません。すべて若旦那の裁量でなさったと伺い、わたしは感心いたしました」

多恵の言うとおりだと、求馬もおもう。

清吉という跡継ぎがいれば、山城屋も安泰にちがいない。

外の空気が吸いたくなり、国光を帯に差して屋敷から出た。淡い日差しのなかを漫ろに歩けば、散りかけた沈丁花《じんちようげ》の香りが漂ってくる。桜も杏《あんず》も盛りは終わり、雪のように白い小手鞠《こでまり》が咲いていた。山吹《やまぶき》や躑躅《つつじ》や藤《ふじ》なども、順々に開花する頃だ。

新鮮な筍を食べたせいか、春から夏へ向かう季節の移ろいを身近な景色のなかに求めてしまう。

名実ともに持組で随一の遣い手になったとは申せ、出世が約束されたわけではない。勝利した者に課される役目が決まっているのであれば、昨日の時点で若年寄か持頭からはなしがあったはずだ。

「何もなかったな」

吉倉河内守の言った「機会があれば推挙申しあげておこう」ということばが、今にしておもえば軽々しく感じられて仕方ない。

まことに、推挙してくれるのだろうか。

そもそも、持組のなかで三人の遣い手を選べと命じたことを、老中の秋元但馬守はおぼえているのだろうか。

六所の藤兵衛から託された鍵の件については何ひとつ解決しておらず、疑念は深まるばかりだった。敵か味方かもわからぬ公人朝夕人に警告されつつも、飛騨甚の周囲を探り、接待された客を追いかけて麴町の成瀬家へたどりついた。

馴れぬことをやったあげく、得体の知れぬ忍びに命を狙われ、不覚にも怪我を負い、弓を使う謎の女性に命を助けられた。

忍びや女性の正体を知りたいし、飛騨甚の絡む悪事のからくりも解きたい。ただ、このまま厄介事に首を突っこめば、命を縮める危うさも否めなかった。今ここで止めておけば命は助かるという保証でもあれば、止めてしまう手もあるのだが、それすらも判然としない。

しかも、多恵から唐突に、父は御所内を警邏する番士だったと告白された。多恵自身は京の都で生まれ、五摂家筆頭の近衛家に仕えていたという。今さらそんなはなしを聞かされて、平然としていられるほうがおかしい。申し合いは切り抜けられたが、これからさき、精神の拠《よ》り所《どころ》を何処に置けばよいのか、考えれば考えるほど求馬は不安でたまらなくなる。

雑草が伸び放題の空き地にやってきた。

馬頭《ばとう》観音に手を合わせていると、人の気配が近づいてくる。

顔を向ければ、谷垣修也が口辺に笑みを浮かべていた。

大岩邸で勝負して以来だ。仲間の山路や益子はいない。

「伊吹、申し合いに勝ったらしいな」

修也は足を止め、棘《とげ》のある口調で喋りかけてきた。

刀を差しているので、警戒を解くことはできない。

「当然の結末だ。わしが出ても勝っておったさ。それにしても、最後の決め技が柄砕きとはな。ふっ、おぬしも存外、汚いまねをする」

求馬は腹立ちを抑え、表情も変えずに聞いた。

「何か用でも」

「おもしろいはなしを教えてやる。六所の藤兵衛は存じておろう。くふっ、討ちもらした賊のことを忘れるはずもないいな。藤兵衛を斬ったのは、おぬしに顎を砕かれた石動敬次郎だ。縄を打たずに斬ったのは何故か、わかるか」

「はて」

平気な顔で応じつつも、内心は穏やかでない。

捕縛しなかった理由があるのなら、知りたくないはずがなかった。

「それはな、筆頭与力の沢地伊織さまから口封じせよと命じられておったからだ」

「えっ」

「無論、沢地さまは荒山勘解由の意向を受けたまでのこと。持之頭の荒山は大金と交換に藤兵衛の命を助けると約束しておったのだ」

「お待ちを。盗賊改のお長官《かしら》が、どうやって凶賊と結びつくというのですか」

「簡単なはなしよ。藤兵衛はとある商家を襲ったものの、その場で捕縛されたのだ」

「まことですか」

「おう、そうさ」

一味のなかに襲うさきと日取りを密告した者がおり、荒山組が待ちぶせしていたところへ、間抜けな連中がのこのこあらわれた。荒山勘解由は大手柄、藤兵衛を獄門台へ送れば一件落着となるはずであったが、どうしたわけか、凶賊の捕縛はなかったことにされたという。

「沢地さまによれば、藤兵衛のほうから取引を持ちかけてきたらしい。解きはなってくれたら、盗人稼業で蓄えた大金をすべて差しだすと申したのだ」

「まさか、荒山さまが藤兵衛の誘いに乗ったと」

「信じられぬはなしであろう。されどな、荒山勘解由とはそういう男なのだ。侍の風上にもおけぬ屑《くず》野郎さ」

藤兵衛は前金の一千両を進呈すべく、隠し蔵の在処《ありか》を教え、蔵の鍵を差しだした。

荒山本人が出向いてみると、たしかに、蔵には千両箱がひとつ隠されていたという。

「藤兵衛はほかの隠し蔵に、一万両は下らぬ蓄えがあると豪語した。縄を解いてくれれば、そっちの蔵の鍵も渡すと約束したのだ」

求馬は前のめりになる。

「荒山さまは、どうされたのですか」

「一万両は途方もない大金だ。あきらめるには惜しい。かと言って、大金と交換に賊を逃がすのも危うすぎる。あとで噂をひろめられる恐れがあるからな。自分ひとりでは判断できず、知恵袋に相談した」

「まさか、知恵袋とは飛驒甚のことでしょうか」

「そのとおり、ようわかったな。荒山と飛驒甚は以前から蜜月の関わりだった。さっそく相談を持ちこむと、飛驒甚は一も二もなく解きはなちを約束するようにすすめた。ただし、条件をひとつ付けた。何と、日本橋に構える自分の店を襲うようにと、荒山に告げさせたのだ。ふふ、飛驒甚は強欲な策士よ。藤兵衛に店を襲わせるのは、焼け太りの得を狙ってのことだ」

「焼け太りの得」

「世間から同情されれば、幕閣の見立ても甘くなる。何処かで火事が勃これば、飛驒甚に焼け跡の普請を任せようかとなりやすい。紀文も奈良茂も、焼け太りで大きくなった。飛驒甚もそいつを狙ったというわけだ」

丈太郎の書いた筋書きと同じだ。

藤兵衛は縄を解かれたその足で、飛驒甚の店を襲ったのである。

厳しい監視下にあったたし、逃げれば極刑にすると言われていたため、荒山の命にしたがうしかなかった。それでも、一万両の眠る隠し蔵の鍵だけは別のところに隠していたので、命は容易に取られまいと考えたにちがいない。

「ところが、荒山は藤兵衛の口封じを命じた。何故か、わかるか」

「いいえ」

「ふふ、藤兵衛はまたもや、別の手下に裏切られておったのさ。荒山は裏切り者から隠し蔵の鍵を手に入れた。それゆえ、藤兵衛を始末させたというわけだ」

あきらかに、荒山の勇み足だと、求馬はおもった。

藤兵衛は裏切りを予測し、偽の鍵を用意しておいたのだ。

死の際で託された鍵こそが本物にちがいないと、求馬は確信した。

得意げに喋る修也は、そのことを知らぬ。

荒山が本物の鍵を手に入れたとおもっているのだろう。

「伊吹よ、かようなはなし、信じられるか」

「信じられませぬ」

「ふっ、そうであろうな。わしも最初は耳を疑ったわ。されど、沢地さまは幼いころから可愛がってくれた恩人でな、何かとわしに目を掛けてくれた。その沢地さまが素面《しらふ》で言われたのだ。荒山は一万両を独り占めにしようとしている。かように強欲な男は成敗せねばならぬとな」

藤兵衛との取引に立ちあったのは、筆頭与力の沢地ひとりだった。それゆえ、荒山ひとりをどうにかすれば、一万両を横取りすることができると、沢地は考えたらしい。

浅はかすぎると断じるしかないが、修也は「恩人」のはなしに乗った。

「筆頭与力から『一世一代の頼みゆえ、助力せよ』と床に手をつかれたら、断ることなどできまい。伊吹よ、かようなはなし、何故、おぬしに喋ったとおもう」

「さあ」

「藤兵衛を密告した裏切者は始末された。隠し蔵の在処を知っておるのは、今やお長官の荒山ひとり。荒山を拐かして責め苦を与えれば、一万両はわしらで山分けできる。やるのは沢地さまとわし、山路と益子、それに、おぬしがくわわれば、鬼に金棒というわけだ」

荒山は大身旗本であるうえに、管槍《くだやり》の名手としても知られている。屋敷の外で襲うとすれば、供人もふたりか三人はいよう。万全を期そうとおもえば、腕の立つ仲間がいると踏んだのである。

「おぬしの腕を見込んで、こうして頼んでおるのさ」

修也は柄にもなく、深々と頭《こうべ》を垂れる。

求馬は慌てた。

「お待ちください。誘う相手をまちがえてござる」

「断るのか。一万両だぞ」

「お断り申す」

「何だと」

きっぱり断言すると、修也は顔色を変え、腰の刀に手をやった。

求馬もすかさず撞木足に構え、刀の柄を右手で握る。

たがいに殺気を放ち、じっと睨みあった。

――ひょう。

一陣の風が吹きぬけ、ふたりの裾を捲《まく》りあげる。

「くふっ」

修也が笑った。

殺気を消し、肩の力を抜いてみせる。

「すべて戯《ざ》れ言《ごと》じゃ。さようなはなし、あるはずもなかろう。おぬしをちと、驚かせてやりたかっただけのこと、気にいたすな」

修也はくるっと踵を返し、笑いながら去っていく。

もちろん、戯れ言ではあるまい。そんなことはわかっている。

ひょっとしたら、今日で見納めになるかもしれぬとおもいつつ、求馬は遠ざかる修也の背中を見送った。

八

五日後、しとしとと雨の降るなか、求馬は下谷広小路を必死に駆けぬけ、三ノ輪の浄閑寺《じようかんじ》までやってきた。

枝垂《しだ》れた山吹の枝に雨蛙が飛び移っている。

「おおい、伊吹、こっちだ」

小頭の水田平内が、境内の端から手招きした。

町奉行所の同心や小者がおり、僧や野次馬たちのすがたもみえる。

浄閑寺は引き取り手のいない遊女の遺体を弔う「投込寺《なげこみでら》」としても知られていた。

深夜、寺の境内に若い侍の屍骸が三体も取捨てにされ、野犬に屍肉《しにく》を漁《あさ》られていたのだという。僧たちが総出で野犬を追い払い、屍骸を筵の上に並べて周囲に篝火《かがりび》を焚《た》かせた。堂宇《どうう》に安置しなかったのは、検屍《けんし》が済むまえに屍骸を移すのは禁じられているからだ。

夜明けにやってきた町奉行所の同心が屍骸の顔を見知っていた。縄張り内で喧嘩沙汰を何度か起こしたことのある持組与力の子弟と判明し、まっさきに連絡を受けたのが水田だった。

水田の指図を受けた求馬と丈太郎は、与力たちの家へ報せに走った。求馬は親たちを連れてくる役目を丈太郎に託し、身ひとつで駆けてきたのである。

「伊吹、こっちへ来い」

「はっ」

水田に誘われて向かうと、三体の屍骸が仰向けに寝かされていた。

一体ずつ筵で覆われており、二本の脛《すね》だけが晒《さら》されている。

「野犬のせいで傷《いた》んでおるぞ」

水田はそう言ったが、確かめぬわけにはいかない。

求馬は屈みこみ、震える手を右端の筵に伸ばした。

恐る恐る捲《めく》ってみる。

「うっ」

片方の眼球を剔《えぐ》られていたが、山路広之進にちがいない。

まんなかの筵を捲ると、今度は両眼を剔られていた。顔の特徴は益子銑三のものと一致する。

最後の筵に手を伸ばそうとして、求馬はおもわず手を引っこめた。

「どうした、筵を捲らぬか」

水田に命じられ、震える手で筵を捲る。

屍骸は益子と同様、野犬に左右の眼球を貪《むさぼ》られていた。

が、あきらかに、それは幼い頃から知っている谷垣修也の顔だった。

「町方が金瘡《きず》を調べた。胸と背中に一刀ずつ、いずれも袈裟懸けに断たれておったそうだ」

水田の声を聞きながら立ちあがり、求馬はだっと駆けだす。

石灯籠の陰に蹲《うずくま》り、激しく嘔吐しはじめた。

吐くものが無くなるまで吐くと、涙が止めどなく溢れてくる。

修也は性根の腐ったやつだが、同じ空き地で遊んだ幼馴染みでもあった。

誰かに斬られ、屍骸になっても野犬に食われる。そんな惨めな最期は、みたくもなかった。

誰かが近づいてくる。

水田かとおもい、蒼白な顔を向けた。

「死ねば、誰もがほとけになる。ほとけになれば、どんな悪党でも現世《うつしょ》の罪から逃れられる」

「……お、おぬしは」

公人朝夕人、土田伝右衛門にほかならない。

「喧嘩仲間に死なれて、それほど悲しいのか。されど、悲しんでおる暇はないぞ」

伝右衛門は背を向け、山門のほうへ足早に遠ざかっていく。

求馬は濡れた参道を駆け、前を行く背中に追いすがった。
「待ってくれ」
呼びかけても振りむかず、伝右衛門は山門を潜る。
求馬もつづき、つんのめるように山門を潜った。
——びん。
刹那、弦音《つるおと》が響いた。
——ひゅるる。
左前方の至近から、鏑矢《かぶらや》が飛んでくる。
咄嗟に左手で刀を抜き、面前で矢を弾いた。
伝右衛門はふいに消え、別の人影が迫ってきた。
——ひゅん。
幅広の白刃が、求馬の鼻面を嘗める。
刀ではなく、それは薙刀《なぎなた》だった。
「ねいっ」
二の太刀で脛《すね》を掬われた。
はっとばかりに跳躍し、泥水のなかに落ちる。

跳んでいなければ、脛を二本とも刈られていたはずだ。

「そいっ」

疳高《かんだか》い気合いとともに、執拗《しつよう》な攻撃はつづく。

真横から首を飛ばされかけ、泥水のなかを転がった。

起きあがりざまに刀を払うや、相手も高々と宙に舞う。

「へやっ」

降りたつと同時に、今度は柄《え》のほうで打擲《ちょうちゃく》を仕掛けてきた。

——がしっ。

強烈な一撃を刃で受け、頭巾をかぶった相手の顔を睨みつける。

「あっ」

凜々しい細眉に黒目がちの大きな眸子、ほっそりしたからだつきからしても、女性にちがいない。

「……ま、待ってくれ」

「何を待つ」

ぶんと、刃風が巻きおこる。

求馬は首を縮め、目を瞑った。

今度こそは首を飛ばされたとおもったが、何も起きない。

そっと目を開けると、鋭利な刃の先端がこめかみの一寸先で止まっていた。

横目を引っかけ、息を詰める。

すっと、薙刀の刃が引っこんだ。

「本気でこぬか」

男装の女性が、怒ったように吐きすてる。

かたわらには、公人朝夕人が立っていた。

「その左肩、治ったようだな」

指摘されねば、気づかなかったであろう。

たしかに、抜刀できるまでに快復していた。

「志乃《しの》さまのおかげだ。きちんと礼を言え」

伝右衛門に命令口調で言われ、かちんときた。

だが、これほど早く快復できたのは、志乃と呼ばれた女性のおかげなのだ。

「かたじけのうござった」

「何じゃ、そのふてくされた態度は」

叱りつける伝右衛門は、志乃の命で動く従者のようでもある。

求馬は泥だらけのすがたで立ちあがり、ぺこりと頭を下げた。

「ふん」

志乃は嘲《あざけ》るように鼻を鳴らす。

「成りゆきで助けただけのはなし、礼など言わずともよいわ」

大瑠璃《おおるり》が掠れた声で囀《さえず》っている。そんな印象を受けた。

眼差しに暖かみのようなものを感じたが、頭巾をかぶったままなので、表情はよくわからない。

志乃は横を向き、薙刀を右手に提げて歩きだす。

参道から外れ、枝を大きく広げた欅《けやき》の木陰に向かった。

薙刀を太い幹に立てかけ、こちらもみずに喋りかけてくる。

「あのほとけと関わりが深かったのか」

求馬はうなずいた。ぎゅっと握る拳を、志乃はちらりと見下ろす。

「誰にどうして殺られたか、見当はつけておるのか」

「そっちはどうなのだ。ここにおるということは、修也たちを殺った者の正体がわかっておるのであろう」

「おおかた、麴町でおぬしを斬った連中であろうよ」

投げやりな口調で言われ、求馬はごくっと唾を呑みこむ。

「忍びか」

「ふむ」

「あやつらの正体は」

「おぬしに教えて、何か得になることでも」

志乃のことばに応じ、伝右衛門が口を挟む。

「こやつ、藤兵衛から鍵を託されておるやもしれませぬ」

「鍵とは、隠し蔵の」

「はい」

「ならば、貰おうか」

志乃は菓子を欲する童女のように、白い手を差しだす。

求馬は指で月代を掻いた。

「今は持っておらぬ。おぬしらが敵でないとわかれば、鍵を渡すことも厭《いと》わぬ」

「敵でない証を立てよと申すのか。面倒臭いのう」

「死んだ修也が言っておった。商人と盗人と盗賊改、三者は裏で通じている。藤兵衛が飛騨甚を襲ったのは狂言だったとな」

「ふん、それで」

「修也は荒山組の沢地伊織にそそのかされ、荒山勘解由を拐かすと言うておった。荒山が隠し蔵の鍵を持っているものと勘違いしてな」

荒山はおそらく、昨夜も飛騨甚から廓《くるわ》で接待を受けていたにちがいない。吉原からの帰路は今戸方面ではなく、三ノ輪へ向かう道筋を取った。それをあらかじめ調べあげ、待ちぶせをはかったにもかかわらず、得体の知れぬ忍びたちに襲われ、返り討ちに遭ったのだろう。

そうした流れを口にすると、志乃は軽くうなずいた。

「まあ、そんなところだ。沢地なる与力はまだ生きておるゆえ、裏を取ろうとおもえばできなくはない。いずれにしろ、本物の鍵は荒山なる持之頭ではなく、おぬしが持っておるというわけか。されど、隠し蔵が何処にあるかまではわかるまい」

「さてな」

「おぬしらは、わかっておるのか」

頭巾のしたで、志乃は軽く溜息を吐く。

求馬は身を乗りだした。

「狙いは金か。おぬしらも、盗人が蓄えた一万両を狙っておるのか」

「くふふ」

　志乃と伝右衛門は、顔を見合わせて笑った。

「伝右衛門、やはり、こやつは阿呆だぞ」

「そのようですな。持組随一の遣い手と聞いたゆえ、少しばかり期待しておりましたものの、仲間にするには、ちと貫目《かんめ》が足りぬかと」

「そうよな。せいぜい、一度きりの刺客《しかく》あたりが、ふさわしい役どころかもしれぬ」

「鍵はどういたしましょう。飛騨甚も血眼《ちまなこ》になって探しておるようですが」

「ふうん、飛騨甚がな」

「藤兵衛は犬死にだけはすまいと、飛騨甚の店を襲ったとき、自分が助かる手蔓《てづる》となるような何か大事なものを盗んだのかもしれませぬ」

「生き残った手下にそれを授け、隠し蔵に持ちこませたとでも」

「悪知恵のはたらく藤兵衛ならば、やりかねませぬ」

「それなら、鍵は貰っておかねばな。されど、こやつ、嘘が言えぬ顔をしておる。たぶん、持ち歩いてはおるまい。いずれ気が向いたら、取りにいけばよいさ」

鷹揚《おうよう》な口振りの志乃に抗おうともせず、伝右衛門はお辞儀をする。

「されば、これにて」

「ふむ、小腹が空いたゆえ、蕎麦《そば》でも啜って帰るか」

「お好きな餡《あん》ころ餅でも、よろしゅうござりますぞ」

「莫迦め、何を申す」

志乃は恥じらったように顔を背《そむ》け、薙刀を手に提げると木陰から逃れていく。

いつの間にか小雨は熄《や》み、遠くの空には虹がうっすらとかかっていた。

もちろん、ふたりが味方であるという根拠はひとつもない。

ただ、敵でないことだけはわかったような気がした。

犬公方《いぬくぼう》

一

弥生の終わり、六義園《りくぎえん》の躑躅が見頃を迎えたので、将軍綱吉の下向《げこう》がおこなわれることとなった。

天下一と評される広大な池泉《ちせん》回遊様式の庭園は、側用人の柳沢美濃守吉保が駒込の加賀《かが》藩下屋敷跡に七年の歳月を掛けて築きあげたものだ。吉保みずから指図を描き、古今和歌集に由来する名を付け、古来より歌枕に詠《よ》まれてきた紀州和歌《わかの》浦《うら》の情景を模したともいう。

できあがったのは昨年のことで、さっそく訪れた綱吉はその景観と風情を気に入り、足繁く下向するようになった。

四季折々の庭を背景に儒学の講義がおこなわれたり、仮設された舞台で能が演じられたり、綱吉は吉保ら寵臣《ちょうしん》たちと楽しいひとときを過ごす。下向の際には一万人におよぶ臣下を供奉《ぐぶ》させたので、六義園へとつづく日光御成街道は物々しい扮装《いでたち》の番士たちで埋め尽くされた。

「下にぃ、下に」

贅《ぜい》を尽くした将軍の行列が毎月のように挙行されているようなものだが、そのたびに持組の番士たちも参じねばならなかった。

求馬もいつもならば行列の末端に従《つ》くのだが、今日だけは勝手がちがう。

小頭の水田平内から「御小姓組《おこしょうぐみ》のお指図にしたがえ」と命じられたのだ。

驚きを隠せぬまま両番方へおもむくと、橋爪亭《はしづめとおる》という年嵩の偉そうな小姓のもとへまわされた。小姓は役料三百俵取りの旗本ゆえ、抱入《かかえいれ》の御家人などは口も利いてもらえない。ところが、上から何らかの通達があったらしく、求馬は将軍の駕籠脇を守る小姓組のそばに配されることとなった。

ひょっとしたら、若年寄の吉倉河内守が推挙してくれたのかもしれない。

誇らしい気分で向かうと、同じような御家人が十名ほど集まっていた。いずれも見知った持組の番士ではなく、先手組や徒組から選抜されてきたようだ。

みな、常とは気合いの入れようがちがう。

ただし、橋爪には厳しく命じられていた。

「上様のご尊顔を拝してはならぬ。みずからは人にあらず、盾と心得よ」

御目見得以下の御家人にたいし、歴然とした身分の相違をしめしたかったのだろう。

ともあれ、これが秋元但馬守から課された新しいお役目にちがいないと、求馬は合点したような気になった。

——将軍の盾になる。

要は、命懸けで将軍の身を守れということだ。

幕臣にとって、これほど名誉な役目はなかろう。

長い行列は神田川に架かる筋違橋を渡ったあと、組屋敷のある本郷三丁目の大路も通った。留守を守るおなごらは見物にあらわれたが、沿道に座って両手をつく者たちのなかには多恵や咲希のすがたもあった。

蒼天《そうてん》のもと、将軍を乗せた溜塗惣網代《ためぬりそうあじろ》の駕籠が悠々と往来を進んでいく。

黒塗りの地に金泥《こんでい》の葵《あおい》紋があしらわれた太い棒は、黒絹の羽織を纏った十人の陸尺《ろくしやく》に担がれていた。

駕籠脇を固める小姓衆に混じって、求馬も正面を見据えながら堂々と歩いたのである。夢見心地なのは本人だけでなく、多恵や咲希も胸がうち震えるほどの栄誉を感じてくれたにちがいない。

通い馴れた道筋のためか、小姓たちはのんびりしており、暖かい日和《ひより》のごとく緊迫した雰囲気は欠片《かけら》もなかった。

すでに、六義園では不如帰《ほととぎす》の初音《はつね》も聞かれたという。

表口で出迎える重臣たちのまんなかには、歌舞伎役者のような面立ちの柳沢美濃守が満面の笑みで立っていた。

秋元但馬守のすがたはない。

溜塗りの網代駕籠はそのまま門を通過し、大きな池の縁まで進んでいく。

御家人の番士は表門の内へはいってはならず、常ならば塀の外で待機を余儀なくされる。それゆえ、どのような庭なのかも知らなかった。されど、今日はちがう。満々と水を湛《たた》えた大池に浮かぶ蓬萊島《ほうらいじま》や渡月橋《とげつきょう》、こんもりとした妹山《いもやま》と背山の遠景、そして、赤や白や紫で汀《みぎわ》を彩る躑躅の叢《むら》また叢。求馬が目にしたのは、柳沢吉保が人知を尽くして築きあげた絶景だった。

網代駕籠が池畔《ちはん》に降ろされ、重臣たちが慌てて駆け寄ってきたので、おもわず、求馬は顔を伏せる。

ご尊顔を拝してはならぬという橋爪のことばをおもいだしたのだ。

駕籠脇に銀色の雪駄が揃えて置かれ、網代駕籠の脇戸が開かれる。

綱吉の白足袋《たび》が雪駄に収まると、吉保の快活な声が聞こえてきた。

「上様、ようこそお越しくださりました。美濃めは、恐悦至極《きようえつしごく》にござりまする」

「おう。ほほ、咲いとる、咲いとる」

吉保の声よりも、二調子ほども甲高い。

それが初めて耳にする将軍綱吉の声であった。

求馬は息遣いさえも聞き漏らすまいと、耳をじっとかたむける。

だが、ふたりは連れだって、そそくさと仮御殿の内へ消えていった。

しばらくすると、綱吉は寵臣《ちようしん》をともなって躑躅茶屋に移り、庭の景観を堪能しながら茶を飲んだ。さらには、吉保に仕える荻生徂徠《おぎゆうそらい》などの儒者たちを仮御殿に誘い、長々と儒学の講義をやらせた。そして午後になると、庭を背にした能舞台で、贔屓《ひいき》にしている宝生《ほうしよう》流の役者たちに能を演じさせたのである。

綱吉の能狂いはかの太閤秀吉《たいこうひでよし》も驚くほどと、巷間では噂されていた。几帳面《きちようめん》な性分ゆえに、演目は序破急《じよはきゆう》に則《のつと》った五番立《だて》にきっちり組まれ、神《かみ》能物《のうもの》からはじまって、武将を演じる修羅物、女性を演じる鬘《かつら》物、狂気を演じる雑能物《ざつのう》、鬼を演じる切能《きりのう》物と、嗜《たしな》みのない者には責め苦にも等しい時が延々と費やされる。

復曲された古典も多く、建礼門院徳子《けんれいもんいんとくこ》が平家《へいけ》の滅亡と失った安徳《あんとく》天皇の最期を涙ながらに語る「大原御幸《おはらごこう》」などでは、綱吉みずから女性面を付けてシテの建礼門院を演じてみせた。

誰よりも大袈裟に感嘆したのは、美濃守吉保にほかならない。

求馬は能舞台脇の地べたに控えさせられたので、客席に座る重臣たちの反応がある程度はわかった。ただ、能を五番通しで観た経験もなかったし、そもそも、地べたからでは能役者がみえず、謡《うたい》と囃子《はやし》しか聞こえぬため、腿《もも》を抓《つね》るなどしながら必死に眠気と戦うしかなかった。

異変が勃こったのは、五番物の「石橋《しやっきよう》」で獅子舞《ししまい》が演じられていたときである。

すでに日は大きく西にかたむき、池は夕陽を映して燃えあがろうとしていた。

――ばさっ。

突如、何かが羽ばたいたような音が響く。

水鳥の羽音かとおもいきや、何と白髪の鬘をかぶった獅子が能舞台から中空めがけて飛翔していた。

そのすがたを、求馬は斜め後ろから見上げる。

一瞬、何が勃こったのかわからなかった。

獅子の右手には脇差《わきざし》が握られ、夕陽を受けた白刃が真紅《しんく》にみえる。

ひらりと、獅子は蝶のように舞いおりた。

低く身構え、獲物となる相手を見据える。

眼差しのさきに座すのは、綱吉にほかならない。

そばに侍る吉保が我に返り、声をひっくり返す。

「くせものじゃ」

咄嗟に、数人の小姓が綱吉の盾になった。

ただ、多くの者は呆気《あっけ》に取られたままでいる。

「犬公方め、覚悟せよ」

能役者に化けた刺客が、獅子面の下から怒鳴った。

小姓のひとりが刀を抜き、突破を阻《はば》もうとする。

「退《ど》けっ」

やにわに、首筋を断たれた。

「ひゃっ」

悲鳴をあげた小姓は、橋爪亭にほかならない。

鮮血が紐のように伸び、鉢植えの躑躅を濡らす。

「ぬわああ」

怒号が湧きおこった。

太刀筋からして、刺客はかなりの手練である。

このとき、求馬はひとりだけ、獅子の背後まで近づいていた。

考えるよりもまえに駆けだし、まっさきに修羅場へ踏みこんだ。

獅子は気配を察して振り向き、脇差を振ろうとして足を滑らせる。

「ぬわっ」

苔生《こけむ》した石橋を渡っているかのごとく、橋爪の血で滑ったのだ。

求馬は刀も抜かず、上から組みついた。

脇差をもぎ取り、腹にばすっと拳を埋めこむ。

「うっ」

獅子は呻《うめ》き、辛そうに身を縮めた。

「それっ」

小姓たちが殺到してくる。

求馬は誰かに蹴飛ばされ、代わった小姓のひとりが馬乗りになった。

「こやつめ」

獅子の面を剝ぎ取ると、刺客は舌を嚙んで死んでいた。

細面で色白の若い男だ。人相を知る者はいなかった。

「そこな番士、あっぱれじゃ」

甲高い声が聞こえてくる。

綱吉であろうか。

「面《おもて》をあげよ」

自分のこととは知らず、求馬は顔をあげない。

すると、気配は遠ざかった。

しばらくして、別の気配が近づいてくる。

「おぬし、御家人か」

息が掛かったので、ちらりと目を向けた。

美濃守吉保が、表情に乏《とぼ》しい顔で立っている。

「何故、御目見得の機会を逃したのじゃ。ご尊顔を拝してはならぬと、誰かに命じられておったのか」

「はっ」

「ふん、馬鹿正直なやつめ。上様は観相《かんそう》をなされる。おぬしの顔に瑞兆《ずいちょう》をみつけられたやもしれぬに、旗本に取りたてられる絶好の好機を逃したな。むはは、戯れ言じゃ、真に受けるな。今のご時世、機転の利かぬ猪《いのしし》武者《むしゃ》に出世はできぬ。あとで褒美を取らせるゆえ、組屋敷で待っておるがよい」

喜ぶべきか悲しむべきか、真っ白になった頭で考えてもよくわからない。

綱吉はもちろん、こうして雲上人《うんじょうびと》の美濃守吉保に声を掛けられただけでも、奇蹟としか言いようのない出来事なのだ。

鬱々《うつうつ》として地べたをみやれば、将軍の盾になって死んだ橋爪亭の屍骸が転がっている。

「南無《なむ》……」

求馬は両手を合わせ、経を唱えることしかできなかった。

二

将軍が下向先で命を狙われた。

前代未聞の出来事は噂になって広まったが、能役者に化けた刺客の素姓は判明せず、無謀な行為におよんだ理由もあきらかになっていない。刺客を阻んだ求馬のもとへ褒美を携えた使者が訪れることもなかった。

暦は卯月《うづき》に替わり、八日の灌仏会《かんぶつえ》を迎えている。

釈迦の誕生を祝う日なので、寺という寺には花御堂《はなみどう》が築かれた。

牡丹、芍薬《しやくやく》、百合、藤、杜若《かきつばた》と、色とりどりの花々が競うように開花する季節でもある。不如帰に茄子《なす》に飛び魚、初物尽くしのトリを飾るのは何と言っても鰹《かつお》だが、小禄の番士が見栄を張って購入できるのは、せいぜい切り身数枚がよいところであった。

多恵はこのところ風邪をこじらせて寝込んでいたのだが、今日は調子もよさそうなので、いっしょに近くの寺へおもむいた。

境内は大勢の人で賑わっており、番士たちも家族連れで参拝にきている。

甃《いしだたみ》の参道を歩いて本堂へ向かい、甘茶《あまちゃ》を釈迦像に掛けて病気平癒《へいゆ》を祈った。

祈りを終えて戻りかけ、ふと、参道から振りかえれば、丈太郎と咲希が本堂へつづく石段を上っている。

気軽に声を掛けようと歩きかけ、求馬は足を止めた。

咲希の隣に、若い男が付き添っている。

後ろ姿しかみえないが、町人のようだ。

「もしや、あれは山城屋さんの若旦那では」

気づいたのは、多恵のほうだった。

たしかに、清吉という若旦那にちがいない。

咲希といっしょに一本の柄杓《ひしゃく》を持ち、釈迦像に甘茶を掛けている。

仲睦《なかむつ》まじそうな様子にもみえたので、近づくことを遠慮した。

「何処でお知り合いになったのでしょうね」

多恵は不思議そうに首をかしげ、ゆっくり参道を戻りはじめる。

どういうことなのか、求馬にはよくわからなかった。

侍の娘が商人と親密になることなど考えられぬ。咲希はほかの誰よりも身持ちの堅い娘だ。誰かと同じ柄杓を持っていることが信じられぬし、わけもなく腹が立った。だからといって、丈太郎に事情を聞くのも憚《はばか》られる。知りたいのは山々だが、気にしていることを咲希に悟られたくないのだ。

妹をどうおもっているのかと丈太郎に何度か尋ねられ、いつもはぐらかしてきた。ひょっとしたら、そのツケがまわってきたのかもしれない。嫁取りなど先のことだと悠長に構えていた。返事を先延ばしにすればそれだけ、咲希は婚期を逃すことになる。そんなことにも気づかなかった自分が情けない。

家に戻り、貰ってきた甘茶で墨を磨《す》った。

細紙に「五大力菩薩」と書いて衣裳櫃《いしょうびつ》に糊《のり》で貼り、別の細紙には「八大龍王茶」と書いて天井に貼る。虫除《よ》け、雷除けの呪《まじな》いであった。ほかにも、泥棒避《よ》けや魔除けに効力がある札を、逆さにして壁や戸に貼りつけていく。

幼い頃からつづけている習慣なので、面倒臭いとはおもわない。

懐中から、何かが落ちた。

護符ではなく、短冊である。

――不忠者七里歩いて闇祭
記されているのは、藤兵衛の遺した辞世の句だ。

「くそっ、意味がわからぬ。七里（約二十八キロ）歩けば、何処へ着くというのだ」

悪態を吐き、短冊を拾って揉みくちゃにする。そんな自分に嫌気が差した。

札貼りの終わる頃を見計らったように、小頭の水田平内が訪ねてきた。

「入江さまからのお達しじゃ。四日後、御城へ登城するように。御側用人の柳沢美濃守さまより褒美が下賜《かし》されるとのことじゃ」

「えっ」

「入江さまやわしとて驚いたわ。六義園で何があったのか、おぬしからあらかた聞いておったゆえな。上から内密にいたすように命じられたゆえ、誰に聞かれても知らぬ存ぜぬで通してきた。何せ、上様が何者かに命を狙われることなど、天地がひっくり返ってもあってはならぬ。おっと、口が滑った」

奥から多恵があらわれ、熱い茶を置いていく。

水田は相好《そうごう》を崩し、すがたをみているだけで目の保養になるとお世辞を並べ、礼を言って奥へ引っこむ多恵の背中を見送った。

「顔色が優れぬようだが、医者には診せておるのか」

「はい。精のつくものを食べて養生せよとのことでした」

「ふん、藪医者め。わしでも、それくらいは言えるわ」

「水田さま、おはなしのつづきを」

「お、そうであったな」

水田は茶を啜り、顔をぐっと寄せてくる。

「一番手柄をあげたおぬしへの褒美も無いものとあきらめておったが、どうやら、上は忘れておらなんだらしい。ただし、おぬしが救ってさしあげたのは、上様ではない。美濃守さまじゃ。いろいろあって、そういうことになった。何せ、功のあった者に褒美を下賜せぬことには、番士たちにもしめしがつかぬゆえな。四日後、おぬしは御城へ登城せねばならぬ。遅くとも、辰《たつ》の上刻(午前八時)までにはな。上等な紋付袴《はかま》は持っておるのか。ないようなら、損料屋《そんりよう》から借りねばなるまいぞ」

「ご心配にはおよびませぬ」

「さようか、ふむ、さればな」

水田は奥の様子を心配げに窺い、そそくさと居なくなった。

褒美など貰えぬものとあきらめていたので、意外な気もしたし、誇らしさもじわりと込みあげてきた。しかも、登城できるとなれば、夢のひとつがかなうことになる。中之門からさきへ進むことを考えただけでも緊張してしまい、喉の渇きをおぼえるほどだった。

多恵に告げれば、きっと喜んでくれるにちがいない。いつか公の場へ伺候《しこう》する機会もあろうかと、常日頃から父の形見の紋付袴を大事に保ってくれているはずだ。

が、やはり、素直には喜べない。命を狙われたのは、綱吉なのである。美濃守の命を救ったものとして褒美を下賜されても、それは偽りにすぎず、体裁を保つだけのやり方に抵抗を感じぬわけにはいかなかった。

そもそも、何故、綱吉は命を狙われたのか。

それこそが、もっとも知りたいことなのである。

求馬は渋い顔で溜息を吐き、刀を手にして外へ飛びだした。

いつもどおりに空き地へ向かうと、馬頭観音の上に誰かが座っている。

公人朝夕人、土田伝右衛門であった。

「ここには誰も来ぬ。気晴らしにはよいところだな」

浄閑寺以来だった。志乃という女武者は、どうしているのか。じつは、あの日から片時も忘れたことがない。

伝右衛門は立ちあがり、ふっと笑みを浮かべた。

「伊吹求馬、おぬしとは、よほど縁があるらしい」

「どういうことだ」

「六義園で上様のお命を救ったであろう。おぬしが取り押さえた能役者、あの者は杢阿弥《もくあみ》と称しておったが、以前は鷹匠《たかじよう》だった」

「鷹匠」

生類憐みの令によって鷹狩りは御法度《ごはつと》となり、鷹匠たちも役を解かれた。食うに困って恨みを募らせたあげく、能役者に化けて六義園に忍びこみ、凶行におよんだ。

「それがどうやら、柳沢美濃守さまの描いておられる筋立てらしい」

「ちがうとでも」

「ああ、ちがう。いかに恨みを募らせておったとて、一介の鷹匠に刺客のまねごとはできぬ。調べるのにずいぶん苦労したが、じつを申せば、杢阿弥にはもうひとつの顔があった」

「もうひとつの顔」

求馬は前のめりになり、伝右衛門から笑われた。

「ふふ、知りたかろうな。されど、おぬしに喋って益になるのかどうか、わしにはようわからぬ。例の鍵を渡すと約すのであれば、まあ、喋ってもよかろう」

「おぬしが味方なら渡す」

「それはすでに聞いた。されどな、昨日の味方は今日の敵というのが、隠密御用の常道でもある。安易に他人を信じるなということさ。ふん、まあよい。おぬし、美作《みまさか》国津山《つやま》藩十八万六千五百石を領しておった森《もり》家は存じておるか」

戦国の頃、尾張国の織田《おだ》家に仕えて名をあげた森家は、勇猛な血筋で知られる名家である。侍ならば知らぬはずはないが、今から六年前の元禄十年夏、第五代藩主の衆利《もろとし》が錯乱したため、改易とされたはずであった。

「衆利さまは御先代のご逝去にともなって新たな藩主となり、綱吉公へ拝謁《はいえつ》すべく国許から東海道を下っておられた。ところが、伊勢《いせ》国の桑名《くわな》藩領内で発病し、江戸入りを断念せざるを得なくなった。と、そこまでは、誰もが知っておるはなしだ」

臣下たちは酒席のことゆえと寛大な処分を願いでたものの、接待役の桑名藩から驚くべき実態が幕府へもたらされた。

「遡《さかのぼ》ること二年前の元禄八年初冬、御先代の長成《ながなり》公はとある大掛かりな普請の総奉行に任じられた。中野《なかの》村の御犬小屋普請だ。二十万坪ともいわれる広大な御用地をならし、土居を築いて柵《さく》を巡らせ、十万匹からの犬を収める。そんな小屋を作らねばならなかった」

　掛かった費用は四万両とも五万両とも言われ、津山藩は体面を保つために藩士の手当てを削って費用を捻出《ねんしゅつ》したので、藩内で不平不満が高まったという。

「たかが犬のために、どうして人間さまが割を食わねばならぬのか。国許でそんな不満が沸きあがるさなか、長成公は病で急逝された。新たな藩主となった衆利公はまだお若く、藩士たちと同様、損な役目の犬小屋普請をやらせた幕府への不満を燻《くすぶ》らせておられた」

　ちょうどそこへ、火に油を注ぐような出来事が勃こった。中野の御犬小屋に浪人どもが忍びこみ、大量の犬を殺戮《さつりく》したのだ。見廻りを怠《おこた》ったとして、犬小屋の役人たちが腹を切らされた。そのなかに、森家の家臣もふくまれていたという。

「衆利公は道中の桑名でそのはなしを聞き、幕政への憤りを抑えきれなくなった。犬畜生のために、何故、森家の家臣が腹を切らねばならぬのか。犬を守る法よりも人を守る法をつくれとぶちまけ、仕舞いには酔いも手伝ってか、白刃を抜いてみせた。これが上様に向けられた刃とみなされ、ほどもなく改易の沙汰が下されたのだ」

白刃を抜いたことを除けば、まっとうな言い分であろう。錯乱と断じたのは、口を封じたい幕閣の思惑に相違ない。

いずれにしろ、今や誰もが悪法と考える生類憐みの令に端を発する凶事であった。犬絡みで無念の死を遂げた父のことを考えれば、求馬は他人事《ひとごと》で済まされない気持ちになる。

右の一件ののち、隠居した実父の長継《ながつぐ》がまだ存命中であったため、森家は家柄の良さから存続されるはこびとなり、備中《びっちゅう》国西江原《にしえばら》藩二万石へ移封《いほう》とされた。

衆利は西江原において存命中だが、多くの家臣は路頭に迷うことになった。

「李阿弥はな、鷹匠になる以前は森家に仕えておった。しかも、小野派一刀流を修めた剣術指南役であった。巷間で犬公方と揶揄される綱吉公にたいして、積年の恨みを抱いておったのだ。されど、こたびの凶行は相当に練られておった。確実に上様のお命を狙って仕組まれた企てだ。たったひとりで、あれだけのことができようはずもない」

「仕向けた者がおると」

「ふむ」

「誰なのですか」

「ふん、それがわかれば苦労はせぬ。ただし、端緒《たんしょ》はある」

「端緒」

「ああ、そうだ。李阿弥は能役者としての才もあり、大名家などに招かれて能を演じる機会もたびたびあった。じつは、御三家筆頭の尾張家にも招じられ、先月も御下屋敷で演じる機会を得ておった。その機会をつくったのが尾張家出入りの商人でな、噂では何万両も貸しつけておるという」

「その商人とは」

「飛驒屋甚五郎さ」

「えっ」

すぐには反応できぬほど驚かされた。

飛驒甚と李阿弥なる能役者は通じていたのだ。

「しかも、飛驒甚は森家の御用達でもあった。おもしろいことに、盗賊改の荒山勘解由も森家とは浅からぬ縁がある」

親の代から、同家の出入旗本《でいりはたもと》だったらしい。

「何と」

「ふふ、驚いたか。三者が森家という一本の糸で繋がったというわけだ」

求馬は聞かずにはいられない。

「廓に集ったもうひとりの人物、あの者の正体は」

「まだわからぬ」

得体の知れぬ忍びを使い、将軍暗殺という由々《ゆゆ》しき謀事《はかりごと》を企む黒幕なのだろうか。

それにしても、何故、伝右衛門はわざわざ、森家のことを伝えにきたのか。

「おぬしは、ちと目立ちすぎる。敵の的になりやすい。老婆心《ろうばしん》ながら、それを教えてやろうとおもったのさ」

「志乃というお方と、どういう関わりなのですか」

「同じ獲物を狙う仲間だ。ただし、今日までのところはな。ふっ、それ以上は聞くな。こののち、おぬしが死ぬか生きるかは運次第。じつを申せば、わしは死ぬほうに賭け、志乃さまは生きるほうに賭けた。賭け金は金一分だ。今のおぬしには、一分金一枚の値打ちしかない。そのことを肝に銘じておけ」

伝右衛門は厳しいことばを残し、風のように去っていった。

三

二日後の夕刻。

多恵の咳が案じられたが、丈太郎に呼びだされて菊《きく》坂の一膳《いちぜん》飯屋へやってきた。

「たまには、おぬしと一杯飲《や》ろうとおもってな」

「ふん、何を今さら」

飛び魚のなめろうで安酒を呑み、顔馴染みの親爺に旬の伊佐木《いさき》をさばいてもらう。

出された刺身を塩につけ、口のなかへ放りこんだ。

「しこしこだな、歯ごたえが何とも言えぬ。さあ、呑め」

丈太郎は相好《そうごう》をくずし、盃が空になれば酒を注いでくる。

何やらいつもとちがうなと感じつつも、求馬は袖口から鍵を取りだし、じっとみつめた。

「いったい何処の鍵なのか、皆目《かいもく》見当もつかぬ」

「藤兵衛のやつも、厄介なものを残してくれたな」

鍵のせいで、得体の知れぬ連中が近づいてくるのかもしれない。公人朝夕人の伝右衛門しかり、志乃という女武者しかり。あるいは、飛騨甚や荒山勘解由と関わりの深い忍びもこの鍵を狙っている公算は大きい。

「いっそ捨てちまったほうが、せいせいするかもしれぬ」

求馬が溜息を吐くと、丈太郎は銚釐《ちろり》を持ちあげた。

「荒山組の動きを探ったぞ」

「おう、そうか、すまぬな」

注がれた酒を呑みながら、求馬はぺこりと頭をさげる。

「やめてくれ、水臭い。荒山勘解由は旗本の風上にも置けぬ人物だな。馴染みの遊女でもできたのか、足繁く廓通いをつづけておる」

一方、筆頭与力の沢地伊織は、谷垣修也たちをけしかけて荒山を襲わせたにもかかわらず、何食わぬ顔で盗賊改の陣頭指揮を執っているという。

「石動敬次郎も一線に復帰したようでな、申し合いでおぬしに負けた鬱憤《うっぷん》でも晴らすかのように、悪党を片っ端から斬りすてておるようだぞ」

「ふうん」

「公人朝夕人の言ったとおり、荒山は父親の代から森家と浅からぬ縁があった。

飛驒甚と通じたのも、おそらく、森家を介してのことであろう」

森家は改易になり、荒山と飛驒甚は有力な大名家との繫がりを失った。

だからといって、将軍綱吉の命を奪おうとするだろうか。

「恨みは抱いておろうが、おぬしの言うとおり、即座に暗殺に結びつくとはおもえぬ。能役者の杢阿弥と関わりがあるからと言って、今の時点で荒山や飛驒甚を六義園の出来事と結びつけるのは無理があろうな」

丈太郎の冷静さは、いつも得難いとおもう。たしかに、伝右衛門のことばを鵜《う》呑《の》みにするのは早計すぎるかもしれない。

「凶行に関わっているにしても、そうせねばならぬ理由がほかにあるということさ」

施策への不満なのか、将軍の跡目《あとめ》争いなのか、それとも、殺したくなるほどの恨みなのか。

「理由を探りたいのは山々だが、深入りすれば、こっちの命が危うくなろう」

弱腰の丈太郎に向かって、求馬はぎろりと目を剝いた。

「今さら、深入りするなとでも」

「唯一の友に死なれたくないからな」

「ふん。何が唯一の友だ」

「走りだしたら、最後まで死ぬ気で走りとおす。おぬしの性分からすれば、止めても無駄だということもわかっておる。されど、敢えて言わせてくれ。これ以上は首を突っこむな」

丈太郎はきっぱり言いきり、険しい顔で睨んでくる。

「鍵を寄こせ。処分しておく……こ、これが最後の助言になるやもしれぬゆえ、頼むから、言うことを聞いてくれ」

「おい、どうした、丈太郎」

いつもとちがう友の様子に、求馬は戸惑うしかない。

丈太郎は涙ぐみながら、盃を一気に干した。

「酒の力を借りねば言えぬが、おぬしには礼を言いたい」

「いったい、何の礼だよ」

「物心ついてからずっとだ。わしは軟弱者ゆえ、みなからよういじめられた。おぬしはいつも、からだを張ってかばってくれたな。おぬしがいてくれたからこそ、わしは侍の誇りを失わずに生きてこられた」

「ふん。今さら何を抜かす」

「言わせてくれ……わ、わしは、おぬしだけを、唯一の友とおもうてきたのだ……う、うう」

仕舞いには泣きだす丈太郎をあつかいかね、求馬は置き注ぎで酒を呑む。

「……す、すまぬ」

立ちなおった丈太郎は、正面をみつめて言った。

「じつはな、御家人株を売ることにした」

「えっ」

「侍を辞めて商人になる。そのほうが性に合っておるしな」

驚きすぎて、ことばも出てこない。

鼓動が速くなり、掌に汗が滲んでくる。

「……じょ、冗談はよせ」

どうにかことばを絞りだし、曖昧《あいまい》な笑みを浮かべた。

丈太郎は悲しげな顔を向けてくる。

「いいや、冗談ではない。わしは侍を辞める」

番士たちのなかには生活がままならず、御家人株を百両とか二百両で売って金をつくり、身分を変えて糊口《ここう》をしのごうとする者も少なくない。が、まさか、丈太郎の家でそうしたはなしが持たれていることなど、想像もできなかった。

「咲希もわかってくれた」

「えっ」

「本人からは伝えづらかろう。それゆえ、兄のわしから、おぬしに伝える。咲希は商家へ嫁ぐことになった。相手は山城屋の清吉と申す若旦那だ。おぬしの家にも出入りしておるらしいから、知らぬ相手ではあるまい」

先方から、はなしがあったという。組屋敷に出入りするようになった当初から、咲希に恋情を寄せていたらしい。

「御家人株を売るというはなしを聞きつけ、それならばと清吉どのは屋敷に駆けつけてきた。誠実を絵に描いたような男でな、父上も一目で気に入った」

丈太郎の顔は口をぱくつかせた鯉《こい》にしかみえず、繰りだされることばは退屈な経にしか聞こえない。

何かが頭のなかで、がらがらと音を立てて崩れおちた。

それは脳裏に何度か描いたことのある、咲希とのつましくも幸せな暮らしだったのかもしれない。何もかもが崩れおちた砂上には、取り返しのつかないことをしてしまったという後悔だけが残された。

「ほんとうのことを言えば、咲希を嫁にしてほしかった。されど、おぬしにはおぬしの定めた道がある。道を究《きわ》めんとするおぬしの邪魔にだけはなりたくなかった。たぶん、それが咲希の本心であろう。あいつの気持ちを汲んでやってほしい。これからおぬしがどうなろうと、わしと咲希はおぬしとともにある。離れ離れになっても、心はいつも通じておる。そのことを忘れんでくれ、なっ」

同意を求められても、返事ができない。

泣きたくとも、涙すら出てこなかった。

大事なものは、失ってはじめてわかる。

——咲希、すまぬ。

胸の裡《うち》で慟哭《どうこく》するしかない。

夜風にあたりたくなり、求馬はふらつく足取りで外へ逃れた。

「おい、求馬。帰るなら鍵を寄こせ」

遠くで丈太郎が叫んだようであったが、気のせいだろう。

何処をどう歩いたかもわからぬまま、暗い道をたどった。

黒い杜《もり》が生き物のように、頭上から覆いかぶさってくる。

気づいてみれば、伝通院の裏手までやってきていた。

わずかな星明かりを頼りに、漆黒《しっこく》の雑木林を抜ければ、かつて咲希が拐かされた阿弥陀堂へとたどりつく。

悪童だった修也は、もうこの世にいない。

丈太郎も咲希も、遠くへ行ってしまう。

喩《たと》えようのない淋しさを紛らわすには、野犬の屯《たむろ》する阿弥陀堂を彷徨《うろつ》くしかないのであろうか。

ざっ、ざっ、と枯葉を踏みしめて進んだ。

何者かの気配がある。

野犬であろうか。

——ぎっ。

阿弥陀堂の観音扉が開き、小柄な老人があらわれた。

「伊吹求馬か」

嗄《しわが》れた声で誰何され、じっと身構える。

「おぬしは何処まで知っておるのじゃ」

さらに問われたので、求馬は刀の柄に手を添えた。

と、そのとき、背後に音もなく殺気が迫った。

振りかえっても、人影はない。
何者かの気配だけが、藪陰にわだかまっている。
ふたたび向きなおると、すぐそばに皺顔の老人が立っていた。
突如、上から黒いものが振りおろされる。
——ばすっ。
頭に激痛をおぼえ、生きているという記憶さえ消し飛んだ。

四

慟哭であろうか。
いや、犬の遠吠えだ。
求馬は起きあがろうとして、激痛に顔を歪《ゆが》めた。
頭が割れるほど痛い。
そうだ。朽ちかけた阿弥陀堂の前で、皺顔の老人に堅いもので脳天を叩かれたのだ。
ほんとうに、割れてしまったのかもしれない。

月代に触れると、大きなたんこぶができていた。
「痛っ」
冷静になってみれば、生かされていることが不思議だった。
手足を縛られてもおらず、立ちあがって歩くこともできる。
天井に近い格子《こうし》窓からは、陽が斜めに射しこんでいた。
夕陽ならば、丸一日近くも気を失っていたことになる。
「あっ」
水田平内の顔が浮かんだ。
今が翌日の夕刻だとすれば、明日は登城せねばならぬ晴れの日である。
一刻も早く抜けださねばならぬ。
それにしても、ここはいったい何処なのか。
薄暗さに目が慣れてくると、床に何かが置いてあるのをみつけた。
絵図面のようだが、眺めるよりもさきに、逃れることを優先しなければならない。
求馬はふらつく足取りで、出口のほうへ向かった。
重そうな戸に手を掛け、ぐっと力を込める。

――ぎぎっ。
鍵は掛かっていない。
さほど力を入れずとも、戸は開いた。
――わんわん、わおおん。
犬の遠吠えが耳に飛びこんでくる。
数匹ではない。とんでもない数の犬だ。
耳をふさいでも、声は山津波のように迫ってきた。
一目散に飛びだし、脇目も振らず逃げねばなるまい。
しかし、絵図面が気になり、求馬は奥の暗がりへ戻った。
よくみれば、絵図面のうえに鍵が置いてある。
はっとして、袂を探った。
藤兵衛から預かった鍵は、ちゃんとある。
別の鍵なのだ。
鍵の下には、紙片が挟まっていた。
拾ってみると、何か書かれている。
――孫次郎を救いだせ。

「何だこれは」

出口へ向かい、明るいところで絵図面をひろげると、端のほうに「中野村御犬囲」と記されている。

「そうか」

合点した。

ここは中野村の一角、十万匹からの野犬を収容する御犬囲のそばなのだ。

絵図面には、およそ十丁四方を柵で囲われた広大な敷地の全容が描かれている。まず、門は敷地の東西南北に二箇所ずつ、都合八つもあった。門を潜ると敷地内は五つの地域に分けられ、各々の地域はさらに六つに区切られており、六つの区切りのなかに十二棟ずつの犬小屋が設置されているようだった。

つまり、ひとつの地域に犬小屋は七十二棟あり、五地域ぶんとなれば小屋はぜんぶで三百六十棟におよぶ勘定になる。

求馬は頭で算盤を弾きながら、犬小屋のあまりの多さに驚いていた。

敷地内には犬小屋以外にも、役人居宅、舂屋《つきや》御役屋敷、御用屋敷長屋、食冷まし所などと記された家屋が点在しており、絵図面を眺めているだけでも膨大な犬の世話をする役人たちの苦労が偲《しの》ばれた。

「ん」

中央近くに配された御犬囲の脇に、朱文字で「参の五の弐」と殴り書きされている。

どうやら、向かうべき犬小屋の所在らしい。

孫次郎《まごじろう》という人物が、その小屋に繋がれているのだろうか。

紙片の重石《おもし》に使われていた鍵は、犬小屋の鍵にちがいない。

「何故、孫次郎を救わねばならぬのだ」

問うたところで、こたえてくれる者はいなかった。

犬小屋に繋がれているとなれば、孫次郎は瀕死《ひんし》の状態かもしれない。

生死の瀬戸際に置かれた者を救うか、救わぬか、ふたつにひとつの決断を迫られているのだと、求馬はおもった。

迷うことは少しもなかろう。

絵図面をたたみ、犬小屋のものとおぼしき鍵を握りしめた。

外へ出ると、夕陽が落ちかけている。

放りこまれていたのは、使われていない米蔵のようだった。

階の隅に目をやると、二重革の手甲《てっこう》がひとつと短刀が置いてある。

「あれを使えと言うのか」

何者かに験《ため》されていることが、おぼろげながらわかってきた。

誰かの意のままに動かされている。そうおもえば、口惜しさも募る。

鍵を捨て、今すぐに街道を取って返す手もあった。中野村から青梅《おうめ》街道をたどり、甲州《こうしゅう》街道の四谷大木戸を経て、日本橋までは約四里（約十六キロ）、本郷の組屋敷まではさらに一里（約四キロ）弱、さほど遠い道程でもない。家で腹ごなしをして眠りに就き、翌朝になったら晴れて千代田城へ登城すればよい。

「そうしろ」

と、おのれに囁きながらも、求馬は御犬囲のほうへ向かった。

やはり、死に瀕《ひん》している者を見捨てるわけにはいかぬ。

それが武士道というものであろう。

誰かのために身を捨てる覚悟がなければ、生きている価値はない。いつなりとでも死ぬ覚悟を携えているからこそ、武士の矜持《きょうじ》は人々から尊ばれるのだ。

おのれも正真正銘の武士でありたいと、求馬は幼い頃からおもいつづけてきた。

いかに理不尽な要求であっても、受けずに逃げるという選択はあり得ないのだ。

――うおおん。

犬の鳴き声に、狼の遠吠えが重なった。

落日のあとに待っていたのは、夕闇である。

左腰が軽いのは、刀を奪われたせいだった。

孫次郎を救えば、刀は返してもらえるのだろうか。

父の形見の国光だけは、登城の折りに差していきたい。

登城の夢を果たせなかった父も、ともに連れていくのだ。

そんなことを考えながら畦道《あぜみち》をたどり、柵のみえるところまでやってきた。

――ぱん、ぱん。

近くに流れる多摩川《たまがわ》の対岸から、乾いた筒音《つつおと》が聞こえてくる。

狼を避けるべく、近隣の小机《こづくえ》村の杣人《そまびと》たちが空砲を放っているのだろう。

筒薬や火縄の費用は、幕府勘定所の賄いから捻出されると聞いたことがある。

犬一匹に掛かる餌代は一日につき銀十六貫目余り、年にして金十万両ほども掛かると噂されていた。

何故、そこまでして犬を守らねばならぬのか。

当初は、生き物の命を大切にせねばならぬとする崇高《すうこう》な慈愛の精神からはじまったように聞いている。綱吉は戌《いぬ》年生まれゆえ、ことに犬が保護されることになったらしいのだが、行きすぎと断じるしかない施策のせいで、人々は多大な迷惑をこうむるようになった。

犬を傷つけただけで、人が重罪に処せられるのである。それゆえ、幕府も人と犬を触れさせぬように腐心《ふしん》し、なかでも「人に荒き犬」はことごとくひとつところに囲いこみをはかるようにとの触れを出した。

市中を彷徨《うろつ》く犬は小人目付によって捕獲され、連日、五十匹単位で中野村に運ばれてくる。捕獲したところの町名や「御用犬」と書かれた幟《のぼり》を立て、町名主がわざわざ人足に随行せねばならず、四谷大木戸から中野にいたる道中は「御犬様街道」などと揶揄されていた。

あたりは薄暗くなり、犬の声が小さくなった。

もしかしたら、晩飯の頃合いなのかもしれぬ。

言うまでもないが、凶暴な野犬は人をも襲う。

まかりまちがえば、この身が晩のおかずにされてしまう恐れもあった。

「勘弁してくれ」

求馬は吐きすて、唯一、篝火の灯《とも》る門のほうへ向かう。

近づいてみると、頂部に忍び返しの付いた高い壁がそそり立っていた。

「越えられそうにないな」

門は袴腰に石積みのなされた堅固な枡形《ますがた》門にほかならない。

「城か」

さらに近づくと、脇戸がわずかに開けてあった。

まるで、誘っているかのようだ。

「ええい、ままよ」

脇戸を潜り抜けると、十間（約十八メートル）四方の四角い穴蔵になっている。

跫音を忍ばせて進むと、奥の左手に敷地内へとつづく門があった。

頑《かたく》なに閉じられており、脇戸だけがわずかに開いている。

息を殺して身を屈め、求馬は脇戸を潜りぬけた。

むんとするような獣臭に鼻を衝かれる。

冷静になり、絵図面をおもいだした。

南の右寄りに構えた門を抜けたことになるので、斜め右にみえる一番近い建物は四之御囲であろう。

右手奥には壱之御囲があり、その手前に番人小屋がある。

役人たちの拠る長屋や舂屋などは北寄りに集められているので、南端の監視は薄いはずだ。

が、そうした臆測が何処まで意味のあるものなのか、さっぱり見当もつかない。何しろ、脇門はあらかじめ開けてあった。少なくとも、犬小屋の役人たちのなかに仕掛けた連中の仲間がいてもおかしくはなかろう。

犬番の役人にみつからぬように、抜き足差し足で域内を進む。

目途とする参之御囲は、四之御囲のひとつ向こうにあった。

域内の随所には、篝火が焚かれている。

囲いの外にいるかぎり、犬に襲われる心配はない。

どうにか、参之御囲のそばまでたどりついた。

袂から鍵を取りだしたが、近づいてみると、戸に鍵は掛かっていない。

閂《かんぬき》を外せば、そのまま内へ侵入できる仕掛けだった。

周囲に人気《ひとけ》の無いのを確かめ、求馬は閂《かんぬき》をそっと外す。

鰻《うなぎ》のように隙間から身を入れた。

囲いの内側は、さらに細かく柵で区切ってある。

絵図面のとおりだとすれば、内側は六つに区切られ、各々に犬小屋が十二棟ずつ配されているはずだ。

求馬は息を詰めて進み、五の表示がある柵を探す。
「あった」
内側に侵入すると、今度は十二棟の犬小屋が並んでいた。
壁際に灯りが点いているものの、全体は薄暗く、淀んだ空気に包まれている。
小屋の戸にはひとつずつ、檜《ひのき》の札が掛かっていた。
参の五ときて、最後に探すべき札は「弐」だ。
容易にみつかったので、戸に耳を当てる。
犬の声らしきものは聞こえるが、大型犬のものではなさそうだ。
そう言えば、子犬養育所と記されていた区域もあった。
「頼む」
子犬でありますようにと祈りつつ、求馬はそっと閂を外す。
息を止めて侵入すると、暗闇に赤い目がいくつも光っていた。
恐怖に縮みながらも、気配を殺して一歩踏みだす。
孫次郎め、何処におるのだ。
胸の裡で叫びつつ、求馬は小屋の奥に目を凝らした。

五

幸いなことに、足許に近づいてきたのは子犬たちだった。
小屋の奥には小部屋があり、南京錠《なんきん》がぶらさがっている。
鍵穴に鍵を入れると、ぴたりと嵌《は》まった。
南京錠を外し、そっと戸を開ける。
内側はひとひとりが収まるほどしかなく、孫次郎らしき人影はない。
渇いた口許を嘗め、薄暗いなかに目を凝らす。
夜目が利くので、腰高の床几《しょうぎ》に何か置いてあるのがわかった。
平たい桐《きり》の箱だ。
近づいて、蓋を開けてみる。
厳重に包まれた油紙を解くと、蒼白い顔がぽっと闇に浮かんだ。
能の女面である。
面を打ったのは孫次郎、求馬でも知っている有名な能面師にほかならない。
「くそっ」

おもわず、悪態を吐いた。

救いだすのは人ではなく、能面なのだ。

ともあれ、油紙に包みなおし、桐箱に入れた。

桐箱を小脇に抱えて部屋を抜け、弐番小屋を抜け、五番区域も抜け、参之御囲から逃れる。

ふうっと、安堵の息を吐いた。

あとは来た道をたどり、広大な犬小屋を囲う柵の外へ出ればよい。

見廻りの人影がないのを確かめ、南の門へ向かった。

ところが、門へたどりつくと、脇戸が閉まっている。

何者かが閉めたのだ。

門も塀も高すぎて、よじのぼることができない。

あきらめて、ほかの門を当たることにした。

南側に築かれたもうひとつの門にたどりつく。

やはり、門も脇戸も閉まっていた。

仕方なく、西のほうへ向かう。

手前の門まで来てみると、脇戸が開いていた。

「よし」

嬉々《きき》として脇戸を潜れば、南門と同じく枡形の構造になっている。

「ぐるる……」

妙な唸り声が聞こえた。

暗闇に四つの赤い目が光っている。

「うっ」

さきほどのような子犬ではない。

潜んでいるのは、獰猛《どうもう》な大型犬にちがいない。

咄嗟の判断で、二重革の手甲を左腕に付けた。

刹那、一匹目が正面から飛びかかってくる。

やはり、大型犬だ。

泡を吹き、喉笛《のどぶえ》に狙いを定めてきた。

左腕を翳《かざ》すや、手甲に嚙みついてくる。

「がう、がう……」

凄まじい力で食いちぎろうとする。

求馬は右手で短刀を握り、柄尻を犬の脳天に叩きつけた。

「ぎゃん」

犬は悶絶《もんぜつ》し、足許に落下する。

おそらくは、病犬であろう。

嚙まれれば、命を落とすかもしれぬ。

理解した途端、死の恐怖に囚われた。

もう一頭は、じっと睨んだまま襲いかかってこない。

求馬はじりじりと後退り、脇戸から敷地内へどうにか逃れた。

尻餅をつき、あらためて手甲をみると、ぼろぼろになっている。

「なるほど、そういうことか」

病犬に襲われるのを想定し、手甲を預けたのだ。

孫次郎を救うだけでなく、無事に御犬囲の外へ逃れられるかどうかを験されている。おそらく、八つある門のうちの何処かに、逃れる方法が隠されているのだろう。

ならば、門をひとつずつ潜ってみるしかあるまい。

求馬は起きあがり、使いものにならぬ手甲を捨てた。

つぎに挑むと決めたのは、西側にあるもうひとつの門だ。

近づいてみると、脇戸が開いている。
恐る恐る抜けると、やはり、枡形門であった。
犬の気配はない。
右足を踏みいれると、ずぶっと踝《くるぶし》まで沈む。
構わずに左足も入れると、両足が沈みはじめた。
一面は泥田で、おもいどおりに動くことができない。
あれよという間に膝も沈み、腰まで浸かってしまった。
「底なし沼か」
咄嗟の判断で短刀を握り、後ろの壁に突き刺す。
ぐいっと身を引きよせ、片足を抜くことができた。
這いつくばって泥田から抜けだし、どうにか脇戸の外へ逃れる。
泥だらけになった両足には、黒いものが点々とくっついていた。
蛭《ひる》だ。
手で剝がすたびに、血が流れた。
「勘弁してくれ」
門はあと四つ残っている。

待ち受ける罠《わな》のことを考えると、気が滅入《めい》った。
しかし、あれこれ考えるよりも、さきへ進むしかない。
役人たちの屯《たむろ》する北寄りの門は避け、さきに東側へまわった。
門前へたどり着くと、例によって脇戸だけが少し開いている。
覚悟を決めて潜りぬけると、奥の左手に灯りが射し込んでいた。
ありがたいことに、柵の外へ逃れる出口も開いているのだ。
罠は何処にもみあたらず、求馬は勇んで駆けだす。
刹那、足の底が抜けた。
「うわっ」
落とし穴だ。
さほど深くはない。
頭が上に出るほどの深さだった。
穴の縁に手を掛け、身を持ちあげようとする。
ぐにゃりと、何かを踏んだ。
よくみれば、足許に蛇が蠢《うごめ》いている。
なかには、蝮《まむし》も混じっていた。

何百匹という蛇が蠢き、足に絡みついてくるのだ。
「ぐっ」
叫びたいのを堪《こら》え、短刀で蛇の頭を斬った。
どうにか穴から脱したが、外への脇戸は閉まっており、灯りも射し込んでいない。
何者かに逐一監視されているのだ。
「くそったれめ」
枡形門から敷地内へ逃れ、汚れた着物を脱ぐ。
どうやら、蝮には嚙まれていないようだった。
脱いだ着物で桐箱を包み、帯で背中に括りつける。
褌《ふんどし》一丁の惨めな格好になり、短刀だけを手に握った。
病犬に襲われたら、つぎは白刃を使うしかあるまい。
犬を殺せば獄門台送りとなろうが、犬小屋で死ぬよりはましだ。
門はあと三つ、そのなかに柵の外へ逃れる門はあるのだろうか。
迷っている余裕はない。
東側に築かれたもうひとつの門は、脇戸もともに閉ざされていた。

いよいよ、北側へまわりこむ。
役人たちの長屋がみえた。
見廻りはおらず、域内は不気味なほどの静けさを保っている。
犬たちも暗くなると眠るのか、吠え声もさほど気にならない。
手前の門に近づくと、脇戸はわずかに開いていた。
もはや、胆は据わっている。
どうにでもなれという気持ちで脇戸を潜った。
やはり、枡形門だ。
仕掛けは何処にあるのか。
摺《す》り足で半歩踏みだすや、地面ぎりぎりに張られた針金に引っかかった。
——ずるっ。
頭上の軒が倒れ、大石が落下してくる。
必死に脇へ跳び、危機一髪のところで助かった。
だが、これで終わりではない。
起きあがって壁に片手をついた途端、龕灯《がんどう》返しの要領で壁がひっくり返った。
——ぐわん。

身を反らして倒れこみ、仰向けに寝そべる。

凄まじい勢いで、白刃が鼻面を嘗めていった。

目玉だけを動かすと、ひっくり返った壁一面が槍衾《やりぶすま》と化している。

白刃と触れそうなほどのわずかな隙間から抜けだし、大石を避けながら脇戸の外へ逃れた。

「くせものだ」

唐突に、人の声が聞こえてくる。

背後から、何人もの跫音《あしおと》が近づいてきた。

跫音に煽《あお》られるように、最後の門へたどりつく。

開いた脇戸から内へ飛びこむと、橋が一本斜めに架かっている。

ひょいと上に乗り、求馬は渡りはじめた。

橋の下には、黒い水が張られている。

吉原の羅生門河岸でみたお歯黒溝《どぶ》のようだ。

臭いもきつい。

やはり、溝なのだろう。

黒い水面に、歪《いびつ》な月が浮かんでいる。

上を見上げた。

夜空にあるのは、亥ノ刻に昇る月であろうか。

橋は左手奥へとつづき、どうやら、柵の外へと通じる脇戸も開いているようだ。

「あそこまで、たどりつけば」

かならずや、生き地獄から逃れられるにちがいない。

求馬はそう信じつつも、橋の途中で足を止めた。

橋の半分からさきが、濃い緑色に変わっている。

苔《こけ》が生えているのだ。

「石橋か」

踏みはずせば、溝に落ちる。

だが、背後には追っ手が迫っていた。

「脇戸が開いておるぞ。くせものはこのなかだ」

役人どもの声も聞こえてきた。

「ままよ」

求馬は勢いをつけ、橋の上を駆けぬけた。

つるっと、滑る。

石橋を嘗めてはいけない。

水飛沫とともに、溝のなかへ落ちた。

水流に引きこまれ、底のほうまで沈んでいく。

苦しくなって目を開けると、水中にうっすらと灯りがみえた。

必死に手を掻いて灯りのほうへ進むと、縄が一本張ってある。

わけもわからぬまま、短刀の刃で縄を切った。

すると、灯りの向こうに穴がぽっかり開き、激流に身ごと吸いこまれる。

藻掻《もが》きながら水を呑み、気を失いかけながらも流されていくと、ぷかっと水の上に浮かびあがった。

「ぷはっ」

何者かに髷を摑《つか》まれ、川縁へ引きあげられる。

「……げほっ、げほげほ」

大量の水を吐き、どうにか意識を取りもどした。

上から覗いている顔には、みおぼえがある。

「孫次郎はどうした」

能面のような顔で尋ねるのは、公人朝夕人の伝右衛門にちがいない。

桐箱はちゃんと背に負っていた。

奇蹟だなと、われながらおもう。

「運のいいやつめ、よう戻ったな」

返事もできない。

東の空は白みかけていた。

——くかあ。

間の抜けた鳴き声の主は、鴉であろうか。

「今日は晴れの登城日だ。羽織袴はここにある」

えっと、求馬は驚いてみせる。

「城までは四里強、駆けていけば間に合うであろうが、さほど余裕はないぞ」

伝右衛門は、白い歯をみせて笑った。

「遠侍《とおさぶらい》のある玄関ではなく、右脇奥の御台所《おだいどころ》口から登城せよ」

おぬしはいったい、何を言っておるのだ。

怒りをおぼえつつも、疲れきってうなずくことすらできない。

伝右衛門は羽織袴と交換に、孫次郎のはいった桐箱を携えて消えた。

畦道の遥か向こうから、犬役人たちの騒ぐ声が聞こえてくる。

求馬は歯を食いしばり、鉛と化したからだを引きおこした。

六

汗まみれのからだを朝陽に染めて、褌《ふんどし》一丁で駆けに駆けた。

馬糞の点々とする街道を駆けぬけ、四谷御門を通過して麴町の坂を十丁目から一丁目まで一気に駆けあがる。

上り坂が目の前にあると、駆けださずにはいられない。

物心ついたときからそうだった。身を屈め、おもいきり土を蹴りつけ、頂上まで止まらずに駆け通す。

負けん気の強い性分が功を奏した。

半蔵《はんぞう》御門の手前から御濠《おほり》に沿って駆け、さすがに褌一丁では通してもらえぬので、外桜田《そとさくらだ》御門の手前で紋付袴を着ける。

御門を潜り、大名衆が駕籠で向かう西御丸下《にしおまるした》の大路を駆けぬけた。

内桜田御門を潜れば、下乗橋は目と鼻のさきだ。

富士見三重櫓が、曙光《しょこう》に燦然《さんぜん》と煌めいている。

朝陽の位置から推せば、辰ノ上刻は迫っていた。

紋付きは汗で濡れ、着たまま御濠に飛びこんだようになっている。

乾いても汗臭く、褒美をくれる美濃守も顔を顰めるにちがいない。

ともかくも下乗橋を渡りきり、三之門も抜け、ようやく見慣れた中之門へたどりついた。

いつもより早いので、番士たちはまだ出仕しておらぬだろう。

そうおもって通りかかると、番小屋から声が掛かった。

「伊吹、遅いぞ」

水田平内である。

丈太郎を筆頭に組下の連中も小屋からぞろぞろ出てきた。

「おぬしの晴れ舞台だ。みなで祝わずしてどうする」

ぐっと、涙が込みあげてくる。

「その着物はどうした。よれよれではないか。こっちに来い」

水田のもとへ向かうと、みなが鼻を摘まんだ。

「うっ、汗臭いな。まだ少し猶予がある。着物を脱いで水を浴びろ」

「されど、着替えがござりませぬ」

「案ずるな」

水田はにっこり笑い、奥から晴れ着を一式携えてくる。

「多恵どのが持たせてくれたのだ。おぬしのことを心配し、ふた晩寝ずに待っておられたのだぞ。母上に感謝せよ」

「はっ」

求馬は番小屋の隅で水を浴び、手拭いで拭いたからだに晴れ着を纏った。

小屋から外へ出ると、丈太郎たちが横一線に並んで送りだしてくれる。

「かたじけない」

どれだけ感謝しても足りない気持ちだった。

求馬は胸を張り、富士見三重櫓のほうへ向かった。

どんつきの手前で振りかえれば、水田や丈太郎や組下の連中が手を振ってくる。

求馬は泣きながら、大きく手を振った。

石段を上ったさきには、中雀門がある。

中之門を守る番士のなかで中雀門を潜った者はいない。

求馬は涙を拭き、意を決して門を潜った。

千代田城の本丸だ。

磨きこまれた甃の向こうに、威風堂々とした玄関がみえる。

玄関の背後には、緑青瓦《ろくしょうがわら》の屋根に覆われた御殿群が聳えていた。

「おお」

感動を抑えきれず、声が漏れてしまう。

伝右衛門に言われたとおり、遠侍へ通じる玄関ではなく、右手の脇道へ向かった。

中之口のさきから御長屋御門を通りぬけ、老中口とも称する御納戸口を通りすぎる。

絵図面をみたことがあったので、千代田城の大まかな配置は頭に入れてあった。御納戸口からしばらく進めば、中奥へ通じる御台所口に行きつくはずだ。

御台所口と指定されたことに疑念はない。いくら何でも一介の御家人づれが、幕閣のお歴々と同じ御納戸口から入城するわけにはいかぬ。賄《まかな》いの庖丁方《ほうちょうかた》なども出入りする御台所口から入るのが分《ぶん》相応というものだ。

御台所口の手前に立つと、膝がわずかに震えた。

長年抱きつづけた夢がかなう。いよいよ入城するのかとおもえば、心ノ臓がばくばくしはじめた。

躊躇《ためら》っていると、誰かに叱りつけられる。

「何をしておる。早う来ぬか」

急いで敷居をまたぐと、旗本とおぼしき裃侍が廊下の端に立っていた。

齢は四十前後であろうか、堂々とした物腰の人物である。

「おぬし、伊吹求馬であろう。おどおどした態度をみればわかるぞ」

「あの、あなたさまは」

「わしは鬼役の皆藤左近《かいとうさこん》じゃ」

「……お、鬼役」

「上様のお毒味役よ。さあ、こっちに来い」

三和土《たたき》で雪駄を脱ぎ、求馬は廊下にあがった。

廊下を曲がると広い御膳所があり、さらに進むと、左右に襖がいくつもあらわれる。

皆藤に誘われるがまま、片隅にある狭い部屋へ踏みこんだ。

「そこに座れ」

畳敷きではなく、板の間である。

丸茣蓙《まるござ》のまえには大笊《おおざる》が置かれ、節分に撒《ま》く豆が笊一杯に盛ってあった。

皆藤は立ったまま、白い丼と塗りの箸を寄こす。

「笊の豆を箸で摘まみ、丼に移すのだ」

「えっ」

「鳩が豆鉄砲を食らったような面をするな」

「あの、柳沢美濃守さまのもとへ伺候《しこう》せねばなりませぬ」

「そのことなら、はなしはついておる。案ずるな」

と、言われても、納得できるわけがない。

「小狡《こずる》いまねはするなよ。壁の節穴《ふしあな》からみておるからな、ぬはは」

高笑いを残し、皆藤は去った。

溜息を吐きつつも、言われたとおり、箸を持って豆を摘まむ。

するっと、滑りおちた。

もう一度摘まもうとしたが、上手くいかない。

存外に難しいことに気づかされた。

精神を集中し、どうにか豆を摘まみ、かたわらの丼に移す。

――からん。

虚しい音がした。

何故、かようなことをせねばならぬのか。

求馬は立ちあがり、壁を隅から隅まで嘗めるように調べた。

節穴は何処にもなく、代わりに丼が十ほど積んであるのをみつけた。

「これも使えというのか」

片端には炭俵も積んである。ここは炭部屋なのだ。

「くそっ」

悪態を吐きつつも丸茣蓙に座り、気を取りなおして箸を持つ。

豆を十個ほど摘まむと、要領が摑めてきた。

上手に摘まめるようになると、おもしろくなってくる。

ひとつ目の丼が一杯になっても、大笊の豆はさほど減ったようにみえなかった。

次第に不安も募ってくる。何しろ、柳沢美濃守から直々に褒美を賜るべく呼ばれているのだ。皆藤には「案ずるな」と言われたが、はじめて会った相手を信用しろというほうが無理なはなしだった。

それでも、豆摘まみをつづけるしかない。

豆で埋まった丼はふたつになり、三つになった。

求馬の偉いところは、真っ正直に箸を使いつづけるところだ。

要領のよい者ならば、掌で掬《すく》っていたにちがいない。

そうしたいという誘惑すら抱かなかった。

箸で豆を摘まんで移すという基本をくずせば、何もかもが無意味になり、生きている意味さえもが失われてしまうと、頭から信じこんでいるのだ。

それほどの愚鈍《ぐどん》さがなければ、根気の要る作業をつづけることはできまい。

――どん、どん、どん。

腹に響いてきたのは、重臣たちの登城を促す四ツ刻（午前十時）の太鼓であろう。

いつもは中之門で聞いている。

打ち手によって微妙に変わる音色すらも判別できた。

「いったい、何をしておるのだ」

悪態を吐きながらも、手許だけに集中し、何も考えぬようにつとめた。

すべての丼に豆を移し終えたとき、待っていたかのように襖が開いた。

入ってきたのは、皆藤ではない。

「賄い方の者にござる。鬼役さまに命じられて罷《まか》り越しました」

若い賄い方は、両手に膳を抱えていた。

大皿に載せてきたのは、鯛《たい》の尾頭《おかしら》付きである。

「鯛のかたちをくずさず、すべての骨を取れ、とのお指図にございます」

「えっ」

賄い方は膳を求馬の膝前に置くと、豆のはいった丼を拾いあげた。

そして、平然とした顔で、笊のうえに丼をかたむける。

「……ま、待たれよ。何をする」

鬼気迫る勢いで尋ねても、賄い方は止めようとしない。

ふたつ目の丼も拾い、笊のうえでかたむけた。

——ざざ、ざざあ。

豆の落ちる音が、漣《さざなみ》のように繰りかえされる。

「ぬぐっ」

歯を食いしばった。

刀があれば、抜いていたかもしれない。

そう言えば、国光を返してもらっていなかった。

ずっと腰が軽かったのに、今になって気づかされた。

城にたどり着くこと以外は、考える余裕もなかったのだろう。

丼の豆は一粒残らず大笊に戻され、賄い方は去ってしまう。

炭部屋に残された求馬は、仕方なく箸を握るしかなかった。

今は、何刻なのだろうか。

せめて、それだけでも尋ねておけばよかったと悔やんだ。

七

鯛の尾頭付きの骨取りなど、できようはずもない。

皮も身もぼろぼろになり、仕舞いには原形を留めぬすがたになった。

まるで、今の自分ではないか。

しばらくすると、襖が音も無く開き、さきほどの賄い方が新しい膳を運んできた。

まさかとはおもったが、平皿には二尾目の尾頭付きが載っている。

求馬は狼狽《うろた》えた。

「待たれよ。いつまで、かようなことをさせる気か」

「はて、上手にできるまでにござろうか」

「骨取りなど、生まれてこの方やったこともない。そもそも、鯛の尾頭付きなど食べたこともござらぬ」

「尾頭付きをお食べになるのは、上様であられる。おぬしではない」

毅然《きぜん》と言われ、ぐうの音《ね》も出なくなる。

賄い方は膳を置いて去り、求馬は新たな鯛に挑まねばならなかった。

そんなふうに、取っ替え引っ替え、七尾も鯛の骨取りをやらされた。

駄目出しを繰りかえされても、一朝一夕で上手にできるはずがない。

どれほどの刻が経ったのかもわからずにいると、やがて、強烈な睡魔に襲われた。

こっくり、こっくりと船を漕ぎつづける。

すうっと、夜気が忍びこんできた。

はっとして目覚めれば、面前に皺顔の老い侍が座っている。

「うわっ」

吃驚《びっくり》して、求馬は後ろにひっくり返った。

老い侍が亀のように首を伸ばし、上から覗きこんでくる。

「よう寝ておったたな。まあ、無理もあるまいか。御犬囲から逃れたその足で登城したのじゃからな」

求馬は起きあがり、居ずまいを正した。

「あなたは誰ですか」

「ふふ、口の利き方がなっておらぬな。わしは室井作兵衛《むろいさくべえ》じゃ」

「室井作兵衛さま」

「阿呆面で繰りかえすな。それとも、脳天を杖で打たれて、おかしゅうなったのか」

「やはり、阿弥陀堂の前でそれがしを打ったお方ですね」

「ああ、これでな」

室井は左脇に置いてある杖を拾った。

「使いこんだ樫《かし》の杖じゃ。手加減せねば、おぬしの頭は石榴《ざくろ》のごとく割れておったわ。ありがたくおもえ」

「あのとき、それがしの背後にもうひとり、誰かおりましたな。もしや、公人朝夕人でしょうか」

「そうじゃ。伝右衛門におぬしを見張らせておったからの」

「何故、それがしを」

「験《ため》す価値があるかどうか、見定めるためじゃ」

「験すとは、どういうことです」

「問いの多い男じゃな。さようなことでは、役に立たぬぞ」

皺に埋まった双眸《そうぼう》が、異様な光を放った。

背筋がぞくりとする。

「剣術の技量、度胸と勇敢さ、冷徹さと不動心、そして何よりも、正義に殉じる覚悟と密命を下されるお方への忠心。それらを持ち得る資質があるかどうか、見極めるのがわしの役目でな。おぬしには、足りぬものがいくつもある。されど、捨てるには惜しいものも持っておる。それが何か聞きたいか」

「お教えください」

「強靭《きょうじん》な足腰じゃ。わしが求めておるのは成果である。密命をきっちり果たせるかどうかは、最後までやり遂げようとする粘り強さに懸かっておる。それができそうな気配があるゆえ、おぬしを験しておるのよ」

「それがしに密命を下されるおつもりですか」

「受けるのが嫌なら、帰ってもよいぞ」

あっさり言われると、強烈に反撥《はんぱつ》したくなる。

求馬はふいに、はなしの矛先《ほこさき》を変えた。

「志乃と申す女性《にょしょう》のことを伺ってもよろしゅうございますか」

「聞いてどうする。岡惚《おかぼ》れでもしたのか」

鋭く指摘され、求馬は頬を赤らめた。

「ふふ、正直なやつめ。まあ、よいか。志乃も婿取りをせねばならぬからの」

「婿取り」

「そうじゃ。志乃はな、京の山里から出てまいった。それゆえ、東男《あずまおとこ》とは肌が合わぬ。もっとも、おぬしには都の血が流れておるようじゃがな」

求馬は目を剝いた。

「何故、ご存じなのですか」

「密命を与える者の素姓は知っておかねばなるまい。おぬしの父は御所に仕えた番士、母は近衛家に仕えた女官であった。志乃に伝えれば、心を動かすやもしれぬが、まあ、黙っておこう」

さらに突っこんで尋ねようとすると、室井作兵衛はあからさまに拒んでみせる。

「初日ゆえ、いちいち問いにこたえてやったのじゃ。甘えるでないぞ」

「されば、もうひとつだけ」

「何じゃ」

「あなたはいったい、誰に仕えておられるのです」

聞いてもよい一線を超えたらしく、室井は口をきゅっと結んだ。

「お仕え申しあげる気があるなら、いずれわかろう。お志の高いお方じゃ。無論、徳川家の繁栄《はんえい》をお望みになりながらも、世を平らかにするためにはどうすればよいかを常に模索しておられる。さて、無駄話はそのくらいでよかろう。おぬしは今より、密命をひとつ果たさねばならぬ。聞いた以上は抜けられぬゆえ、覚悟を決めるがよいぞ」

「お待ちを」

「いいや、待たぬ。五日前、鬼役がひとり毒を啖《くろ》うて死んだ。烏頭毒《うず》じゃ。尾頭付きの鯛の目玉に塗りこんであったようでな。あきらかに上様のお命を狙った者の仕業《しわざ》じゃ」

室井は膝を寄せ、皺首をかたむけて下から覗いてくる。

「信じておらぬのか。上様はな、鯛をさほど食されぬ。せいぜい、箸でひと摘まみの身を口にお入れになる程度じゃが、目玉だけはお好きでな。箸で穿《ほじ》って取りだし、口に入れて飴《あめ》のごとくお嘗めになる。すなわち、上様は鯛の目玉がお好きだとわかっておる者の仕業ということじゃ」

室井は身を起こし、こちらの反応を窺った。

そしてまた、淡々と喋りだす。

「左近には会ったな」

「鬼役の皆藤左近さまにござりますか」

「そうじゃ、ほかに誰がおる。左近の調べで、怪しい者がひとり浮かんだ。奥医《おくい》師《し》の栗橋玄以《くりはしげんい》じゃ」

なるほど、奥医師ならば毒を容易に調達できよう。

「玄以は中奥の御小座敷《おこざしき》にも出入りし、上様の脈診《みやくしん》もおこなう御匙《おさじ》じゃ。法眼《ほうげん》の位に就き、麹町に三階建ての屋敷を構えておる。処方した薬に毒を混ぜれば、即座に疑われることを恐れ、膳に毒を忍ばせようとしたのじゃろう」

それだけ地位の高い人物が、何故、将軍に毒を盛らねばならなかったのだろうか。

「玄以は腕のよい町医者であったが、尾張さまのお抱え医者となり、尾張さまのご紹介で将軍家の御匙に昇りつめた。されど、秘された事情があってな。それが露見すれば御役御免《おやくごめん》になるか、下手をすれば重罪に処せられよう。つまり、瀬戸際まで追いつめられておったのじゃ」

室井は淀みなく喋りつづける。

「秘された事情とはな、むかし、喜多見重政《きたみしげまさ》さまに仕えておったということなのじゃ」

喜多見重政という名だけは、求馬も聞いたことがある。若き将軍であったころの綱吉公に重用され、旗本から大名に取りたてられた。武蔵《むさし》国内にみずからの姓を冠した喜多見藩の創設を許され、幕閣で重きをなす側用人にも採用され、生類憐みの令の施行とともに、初代の犬大支配役となった。

「中野村に御犬囲ができる以前は、喜多見さまの御領内に犬小屋が築かれておったのじゃ」

それゆえ、喜多見重政は「犬大名」の異名でも呼ばれていたが、今から十四年前の元禄二年如月、突如、御役怠慢との理由で改易の憂き目をみた。当主重政は桑名藩にお預けとなり、数ヶ月のちに餓死したという。

「わしも知らぬではない。喜多見重政さまは、忠実至誠の忠臣と評されたほどのお方じゃった。改易となったは、生類憐みの令の行き過ぎを上様に諫言《かんげん》なさったせいじゃ。上様は下からの諫言を嫌われる。それがわかっていながらも、諫言せざるを得ぬほど切羽詰《せっぱ》まっておられたに相違ない」

死を賭《と》して事にのぞんだものの、綱吉は聞く耳を持たなかった。喜多見重政は遠ざけられ、代わりに寵愛されるようになったのが、柳沢美濃守であった。

「喜多見家に仕えた者たちは、ことごとく下野《げや》せざるを得なかった。なかには、無念腹《むねんばら》を切って殉死《じゅんし》した者もあると聞く。喜多見家に縁があるとなれば、放っておかれるはずはない。玄以は針の筵《むしろ》に座らされておるも同然というわけじゃ」

誰かが奥医師の秘された事情を調べ、利用したということなのだろうか。

「わしはそうみておる。おのれの恨みから毒を盛ったのではあるまい。玄以は喜多見家との縁をひた隠し、将軍家の御匙としての地位を保ちたかったはずじゃ。おおかた、来し方の事情をばらされたくなければ言うことを聞けと、脅されたのであろうよ」

「いったい、誰に脅されたのでござりますか」

「それよ、知りたいのはな」

能役者の李阿弥をけしかけたのも、同じ相手であろうと、室井はみているようだった。

「凶事におよんだ時期が近い。李阿弥は喜多見家と同様に改易とされた森家と縁があった。奥医師も能役者も、根底には上様への恨みを抱えている。人の恨みを逆手に取り、道具のように使おうとする。みずからの手は汚さず、世を憚る凶事をなそうとする。そうしたやり口を、わしは好かぬ」

それで、この身に何をさせようというのか。

求馬が目顔で問うと、室井は不気味な笑みを浮かべた。

「されば、おぬしに密命を与えて進ぜよう」

「えっ」

「何を驚く。美濃守の褒美なんぞより、室井作兵衛の密命のほうが何倍も価値が高かろうぞ。おぬしを選んでやったのじゃ。感謝するがよい」

「はあ」

豆を移したり、鯛の骨取りをしたり、そうした努力はいったい、何のためのものだったのか。

「納得がいかぬのか。それなら、最後に一度だけ選ばせてやろう。ここに居残って崇高な使命を果たすのか、それとも、野良犬のごとく尻尾を巻いて逃げだすのか、道はふたつにひとつじゃ」

野良犬にだけはなりたくない。

くそったれめ、そんなことは百も承知であろうが。

求馬は胸の裡で毒づき、威嚇《いかく》するように前歯を剝くしかなかった。

八

夜陰に紛れ、麴町一丁目にやってきた。

半蔵御門にも近い大路沿いに、三階建ての立派な屋敷がみえる。

室井作兵衛から課された密命は、奥医師の栗橋玄以を拐《かどわ》かしてこいという無謀な内容だった。

抵抗されたら、腕の一本くらいは斬り落としてもかまわぬという。

形見の国光を返されたので、ようやく腰まわりは落ちついた。

門前で立ち惚けていると、物陰から誰かが手招きをしてくる。

公人朝夕人の伝右衛門だ。

そばに寄ると、袖を引っぱりこまれた。

「遅いぞ、何をしておる」

「おぬしに四の五の言われる筋合いはない」

「ふふ、尾頭付きの骨取りは上手にできたのか」

「できるはずがなかろう。どうして、あんなことをさせたのだ」

「おぬしが鬼役に向いておるかどうか、作爺《さくじい》……いや、室井さまはお験しになりたかったのさ」

「わしが鬼役にだと」

「嬉しくないのか。御役料は二百俵《ぴょう》だぞ。しかも、旗本でなければ、鬼役にはなれぬ」

役料二百俵の旗本と聞けば、一代抱えの御家人にとっては夢のようなはなしだが、毒味は死と隣り合わせの役目でもある。

「毒を啖《くろ》うて死なば本望《ほんもう》。それが鬼役の覚悟だそうだ」

「誰がさようなことを」

皆藤左近の顔を思い浮かべる。

「知らぬ」

そっけなく、伝右衛門は吐きすてた。

「密命はわかっておるな」

「ああ、聞くだけは聞いた」

伝右衛門は意味ありげに笑う。

「おぬし、人を斬ったことがあるのか」

「えっ」

「ふん、なさそうだな。顔にそう書いてある。板の間でいくら強くとも、真剣を抜くことができねば役に立たぬ。剣術遊びにすぎぬということさ」

「何が言いたい」

「斬ろうとする相手に仏心を抱くな。仏心をみせれば、おのれがほとけになると胆に銘じておけ。隠密の心得第一条を教えてやったのだ、ありがたくおもえ」

「ふん、余計なお世話だ」

苦い顔で吐きすてると、伝右衛門は真顔になった。

「玄以は屋敷におらぬ。尾張家から急のお呼びでな。どうやら、本寿院《ほんじゆいん》さまが床に臥《ふ》されたらしい」

「本寿院さま」

「知らぬのか」

尾張家当主、吉通《よしみち》公の実母である。四年前、先代綱誠《つななり》公の逝去にともない、齢十一の吉通公が御三家筆頭の新たな当主となった。本寿院は若い時分より絶世の美女と噂されたが、綱誠公亡きあとは藩政に口を出し、その強欲ぶりは家臣たちの反撥を招いているという。

「風邪でも召されたのであろうよ。おかげで、こっちはやりやすくなった」

玄以が駕籠で戻ってきたところを拐かせばよいので、わざわざ屋敷へ忍びこむ手間が省けたと、伝右衛門は軽口を叩く。

どことなく気が抜けているようで、危ういなと、求馬は感じた。

こちらの気持ちを読んだかのように、伝右衛門は告げてくる。

「まんがいちのときは、市ヶ谷御納戸町《いちがやおなんどまち》の矢背《やせ》家へ向かえばよい」

「矢背家とは」

「志乃さまの御屋敷だ。そこに、月草《つきぐさ》という婆《ばあ》さまがおる。志乃さまには、猿婆《さるばば》と呼ばれておるがな」

「猿婆」

「そうじゃ。還暦を超えておるというのに、とんでもない速さで走る。それだけではないぞ。薬草に詳しゅうてな、その辺の金瘡医《きんそうい》なんぞより、遥かに猿婆のほうが役に立つであろうよ」

「金瘡《きず》を負ったら、猿婆に治してもらえばよいのだな」

「案ずるな。たかが、御匙ひとりを拐かすだけのことだ」

叢雲《むらくも》の狭間から、月がひょっこり顔を出した。

大路の向こうから、権門《けんもん》駕籠が一挺やってくる。

夜も更けたせいか、駕籠かきふたりは鳴きを入れない。

不気味な沈黙を保ちながら、駕籠は滑るように近づいてきた。

不用心にも、先導役の提灯持ち以外に、供侍は見当たらない。

妙だなと、伝右衛門も首をかしげる。

駕籠は門前で止まった。

躊躇《ためら》っている余裕はない。

「行くぞ」

伝右衛門が土を蹴り、わずかに遅れて求馬も背にしたがう。

「退《ど》け」

走りながら叫び、伝右衛門は白刃を抜いた。

駕籠かきたちが背をみせて逃げ、提灯持ちは尻餅をつく。

破れ提灯の火が燃えさかるなか、伝右衛門は駕籠脇の垂れを捲った。

「うっ」

奥医師らしき人物が、血だらけで蹲っている。

灰色の顔をみれば、屍骸であることはすぐにわかった。

「……こ、これは」

驚愕する伝右衛門が、つぎの瞬間、顔を歪める。

脇腹に短刀が刺さっていた。

尻餅をついたはずの提灯持ちが、かたわらで嘲笑《あざわら》っている。

「莫迦め、油断したな」

「くおっ」

求馬は国光を抜き、提灯持ちに化けた刺客に斬りつけた。

「おっと」

刺客はふわりと跳躍し、駕籠のうえに飛びのる。

忍びか。

「つおっ」

二太刀目の水平斬りを見舞うと、忍びは宙返りしながら後方へ舞いおりた。

「おぬしらより一手も二手もさきを行く。はぐれ忍びを嘗めるなよ」

睨みつける双眸《そうぼう》は赤く光り、野犬を連想させた。

「御家人づれめ、首を洗って待っておれ」
憎たらしい捨て台詞を残し、忍びは闇へ消えていく。
「待て」
呼びかけも虚しく、血腥い臭いだけが残った。
「……ぬう」
伝右衛門が苦しげに呻いている。
右の脇腹には短刀が刺さったままだ。
求馬は身を寄せ、慎重に短刀を抜いた。
刀の下緒《さげお》できつく縛って止血すると、伝右衛門は気を失ってしまう。
竹筒の水を口にふくませてから、背に負って駆けだした。
上下に揺さぶらぬように気をつけ、四谷御門まで一気に駆け抜ける。
御濠を渡り、右手の市ヶ谷御門まで進んで、さらに駆けつづけた。
御納戸町へ達するには、急勾配の浄瑠璃《じようるり》坂を上らねばならない。
坂の手前まで来ると、雲に隠れた月がふたたび顔を出した。
坂のてっぺんは、遥か高みにある。
求馬は地を蹴り、脱兎のごとく駆けだした。

汗だくになり、歯を食いしばって上りつづける。

室井から「強靭な足腰」を褒められたが、ひょっとしたら、こうした事態を見越していたのかもしれない。

いや、勘ぐりすぎだろう。

油断が仇《あだ》になったのだ。

さきほどの忍びは、この身に傷を負わせ、谷垣修也たちを斬殺した者にちがいない。ということは、将軍の命を狙った一連の企てに、飛驒甚や荒山勘解由や姫野なる者も関わっているのであろうか。

忍びは、みずからを「はぐれ忍び」と言っていた。

いったい、何処からはぐれたというのか。

腿をぱんぱんにさせながらも、求馬は急坂を上りきった。

「……うう」

背中で伝右衛門が呻いている。

まだ生きている証しだと、求馬はみずからに言い聞かせた。

御犬囲で理不尽な試練を課されたとき、伝右衛門は助けてもくれなかった。

憎たらしいとおもったが、少なくとも敵でないことがわかってほっとした。

味方になるかどうかはわからぬが、こんなところで命を落とされては困る。聞きたいことが山ほどあるのだ。

「……わ、わしを……す、捨てていけ……」

背中から、か細い声が聞こえてくる。

「……こ、これも、運命《さだめ》じゃ」

「黙ってろ」

何をほざいているのだと吐きすて、小路を曲がった。

――ごおん。

亥ノ刻を報せる鐘音とともに、周囲の木戸が閉まりだす。

求馬は眸子を瞠り、声をかぎりに叫んだ。

「矢背さまの御屋敷は何処《いずこ》、矢背志乃さまの御屋敷は何処でござるか」

必死の叫びを掻き消すかのように、木戸がばたばた閉まっていく。

伝右衛門は力尽き、ひと言も発しなくなった。

不安と焦りが募り、泣きたくなってくる。

「頼む、誰か助けてくれ」

求馬は四つ辻のまんなかに立ち、途方に暮れてしまった。

意中の手練《てだれ》

一

猿《ましら》のような素早さで近づいてきたのは、手足が蜘蛛《くも》のように長い老婆だった。

「尿筒《しとづつ》持ちは生きておる。こっちに運べ」

求馬が誘われたのは御納戸町の一角、粗末な冠木《かぶき》門の奥に佇む平屋である。

「おぬしが猿婆……いや、月草どのか」

「猿婆でよい。そやつを床に横たえよ」

言われたとおりにすると、猿婆は火皿《ひざら》と薬箱を携えてきた。

腰帯から短刀を抜き、刃の先端を火で焙《あぶ》る。

傷口をちらりとみて、濃い眉をすっと吊りあげた。

「急所は咄嗟に外したようじゃな」

つぶやきながら、汚れの目立つ傷口を刃ですっと開く。

尻にぶらさげた竹筒を取り、中身を口にふくむや、ぶっと傷口に吹きかけた。

「ぬわっ」

伝右衛門が覚醒し、跳ね起きようとする。

「そやつのからだを押さえよ」

凄まじい剣幕で叱られ、求馬は伝右衛門に覆いかぶさった。

「何を吹きかけたのでござるか」

「焼酎《しょうちゅう》じゃ。そこを退け」

猿婆は般若のような顔で言い、熱した短刀の先端を傷口に当てる。

――じゅっ。

皮膚が焼ける焦げ臭さに鼻を衝かれた。

すでに、伝右衛門は気を失っている。

「これでよかろう」

猿婆があっさり言うので、求馬は驚いた。

「えっ、治療は終わりですか」

「傷口を洗い、縫う手間を省いた。文句でもあるのか」

「……い、いいえ」

「ひと晩は熱に魘《うな》されようが、明日になればけろりとしておろうさ。そこに寝かせておけ」

「はあ」

猿婆は短刀を鞘に納め、下から覗きこんでくる。

「おぬし、持組の番士か」

「はい」

「ふうん。お嬢さまに伺っておったが、面構《つらがま》えはわるくないな」

「そう言えば、志乃さまは」

「今はおられぬ。言うておくが、気軽にお嬢さまの名を呼ぶでない。おぬしなんぞとは位《くらい》がちがうのじゃ」

「位でござるか」

「さよう。矢背家は比叡山《ひえいざん》の麓《ふもと》に居を構える山里の長《おさ》である。お嬢さまは本来なら、首長《しゅちょう》の家を継ぐべきお方なのじゃ」

「はあ」

「おぬし、八瀬童子《やせどうじ》を知らぬのか」

「はい、知りませぬ」

八瀬童子は閻魔大王の使いとして、大王の輿《こし》を担いだ鬼の子孫であるという。

そう説かれても、求馬には理解できない。

「あちらをみよ」

猿婆は顔を持ちあげ、神棚に祀られた童子像に祈りを捧げた。

求馬は立ちあがり、前髪の童子像をまじまじとみつめる。

「童子の頭に角が生えておりますな。あれはもしや」

「都を逐《お》われて大江山《おおえやま》に移り住まれた酒呑童子《しゅてんどうじ》さまじゃ」

「酒呑童子でござりますか」

都人《みやこびと》から忌避《きひ》された鬼、すなわち、禍《わざわい》の象徴にほかならない。八瀬童子は鬼の子孫であることを誇り、酒呑童子を祀るのだという。歴史を繙《ひもと》けば、都人の弾圧から免れるために世を忍び、比叡山に隷属《れいぞく》する寄人《よりうど》となった。延暦寺《えんりやくじ》の座《ざ》主《す》や高僧、ときには皇族の輿をも担ぐ力者《りきしや》でもあり、戦国の御代《みよ》には禁裏《きんり》の間《かん》諜《ちよう》となって暗躍した。「天皇家の影法師」と畏怖《いふ》され、絶頂期の織田信長《のぶなが》でさえも懼《おそ》れたらしい。

「近衛公にも庇護《ひご》された由緒正しき出自なのじゃ」

「それがどうして、江戸で隠密まがいのことをしておられる」

「いろいろと事情《わけ》があってな。おぬしなんぞは知らずともよい」

「おぬしなんぞとは、いくら何でも無礼ではないか」

抗うように小鼻を張ったところへ、人の気配が近づいてきた。

「猿婆、戻ったぞ」

志乃である。

興奮気味に頰を染め、求馬を目にするや、ぎょっとする。

「何故、おぬしがここにおる」

訝《いぶか》しげに問いつつも、床に横たわった伝右衛門をみた。

「ほう、尿筒持ちが怪我を負ったのか」

畏《かしこ》まった猿婆が、すかさず応じる。

「やったのは、はぐれ忍びにござります」

「そやつの素姓がようやくわかった。名は猪狩《いかり》兵庫之助《ひょうごのすけ》、織田信長に仕えた饗《きょう》談《だん》の末裔《まつえい》じゃ」

「饗談」

信長の命で森家お預けとなり、天正《てんしょう》伊賀《いが》の乱では滝川一益《たきがわかずます》の指揮下で伊賀者の殺戮《さつりく》にくわわった。徳川の世になってからは、天草四郎《あまくさしろう》を奉じた島原《しまばら》の乱で潜入と攪乱《かくらん》を命じられた甲賀衆《こうがしゅう》のもとで暗躍し、そののち、一部は森家を離れて尾張柳生に従属したとも言われている。

みずからを「はぐれ忍び」と自嘲する理由は、金銭の多寡《たか》で雇い主を替え、主家《しゅか》を持たずに転々としてきたからだろうと、志乃は説いてくれた。

どうやら、八瀬童子にとって、饗談はかつて敵対した因縁の相手でもあるらしい。

はなしがあまりにも飛躍しすぎ、正直なところ、求馬はついていけなかった。

志乃は構わず、猿婆相手に喋りつづける。

「尾張屋敷に忍びこんでみたが、本寿院は患《わずら》ってなどおらなんだぞ」

「するとやはり、奥医師は誘われて出向き、口を封じられたのでござりましょうな」

「そうじゃ。仕組んだのは成瀬家中老の姫野監物《けんもつ》、手を下したのは猪狩兵庫之助であろう」

「されば」

と、猿婆は分不相応な筋読みを披露する。

「つぎの将軍を決める世継ぎ争いが絡んでいるのでしょうか」

「そうよな」

志乃が言うには、公方綱吉は娘婿でもある紀州《きしゅう》家の綱教《つなのり》を世継ぎに決めているらしかった。紀州家に継がれては御三家筆頭の面目が立たぬと、尾張家は家臣総出で異を唱えている。なかでも、当主吉通の実母である本寿院は、どのような手を使ってでも次期将軍の座を手に入れようと躍起になり、綱吉を秘かに呪詛《じゅそ》しているとの噂も立つほどであった。

「尾張家家臣のなかで本寿院の淫乱ぶりを知らぬ者はおらぬ。姫野監物は御広敷《おひろしき》の下っ端役人からのしあがった男でな、本寿院にとっては閨《ねや》の相手、言ってみれば情夫じゃ。本寿院の意を汲んで綱吉公に恨みを抱く奥医師を使い、毒を盛らせる程度のことは平気でやりかねぬ」

猿婆は膝を寄せる。

「六義園で綱吉公を襲った能役者も、姫野の差し金で動いたのでござりましょうか」

「わからぬ。されど、関わりがないはずはない」

「飛騨甚と荒山勘解由は、姫野と通じております。となれば、一連の企ての絵を描いた黒幕は姫野監物と断じてよいかと」

「そう考えれば、すんなり収まる。ただ、ちがうような気もする」

「ほう、何故にでござりましょう」

目を丸くする猿婆に向かって、志乃は可愛げに小首をかしげる。

「姫野監物の面相をみた。強面《こわもて》じゃが、小路の暗がりから野良犬に吠えられ、びくついておった」

「なるほど、黒幕にしては貫目が足りぬと仰る」

「それにな、奥医師が早々と口を封じられたのも気になる。敵のほうが一歩早かった。こちらの動きを読まれておったかのようでな」

それがどうも気になると、志乃は溜息を吐いた。

猿婆は不敵な笑みを浮かべる。

「黒幕はほかにいると、お嬢さまはお考えなのでござりますね」

「ただの勘ゆえ、気にいたすな」

「いいえ、お嬢さまの勘が外れたことはござりませぬ。かならずや、黒幕はほかにおりましょう。さすれば、近々、新たな凶事が勃《お》こるやも」

猿婆は予言じみたことを口にし、神棚の酒呑童子を拝むと、呪術師《じゅじゅつし》のごとく口のなかで何事かをつぶやいた。

二

矢背家の奉じる鬼の逸話も本寿院や饗談にまつわるはなしも、夢のなかで語られたような内容だった。駄目元で室井作兵衛が何者かを尋ねてみたものの、やはり、志乃は何もこたえなかった。

伝右衛門は翌朝に目を覚まし、何処かへ消えた。志乃には、何かあれば猿婆を使いにやると言われたが、十日経った今も使いは来ない。伝右衛門もあらわれず、室井から呼びだしが掛かることもなかった。

御犬囲における数々の試練や、豆摘まみや鯛の骨取りに何の意味があったのか。おもいだすたびに怒りをおぼえたものの、やがて、何もかもがどうでもよくなっていった。

多恵の容態は芳《かんば》しくなく、このところはずっと床に臥せたままでいる。時折、小頭の水田平内が山芋だの卵だのを携えて見舞いに訪れたが、多恵はお礼をする気力も失っていた。

そうしたなか、ふたたび、大岩組に出役《でやく》の命が下された。

このところ市中には、徒党《ととう》を組んで押込みや打ち毀《こわ》しや辻斬りまでやる浪人どもが跳梁跋扈《ちょうりょうばっこ》している。世情の不安が煽られ、今や積もりに積もった幕政への不満は沸騰しかけており、浪人どもを一網打尽《いちもうだじん》にすることで、人々の怒りを鎮静したいと願う幕閣の意向によるものだった。

「合戦場《かっせんば》に向かうとおもえ」

持頭の大岩左近将監も、筆頭与力の入江磯左衛門も同様の訓示を垂れ、こたびの出役に持組の威信が懸かっていると強調した。とはいうものの、捕り物の主力を担うのは盗賊改の荒山組であり、求馬たちはあくまでも助っ人にすぎない。

物々しい捕り方装束を纏った持組の面々は、朝未《まだ》きうちに内藤新宿《ないとうしんじゅく》へ集まった。

兇悪《きょうあく》な浪人どもは下町の岡場所に屯《たむろ》しているとの密訴があったのだ。

丈太郎は組を離れたので、気軽に会話を交わす相手もいない。

指揮を執るのは、長官の荒山勘解由自身である。

塗り笠をかぶり、鎖帷子《くさりかたびら》まで着込み、手には自慢の管槍を提げていた。

荒山の装束をみれば、このたびの出役にかける意気込みを感じざるを得ない。

士気のあがる配下のなかには、荒山を秘かに裏切ろうとした「般若面」こと筆頭与力の沢地伊織もおり、求馬が申し合いで顎を砕いた石動敬次郎のすがたもあった。

「遠慮はいらぬ。抗う者は斬れ」

荒山の指図は末端にまで行きわたり、剣戟《けんげき》は避けがたいものと予想された。

岡場所で寝入っている浪人どもの数は、どうやら、三十はくだらぬらしい。

束ねている首領は、上州《じょうしゅう》一帯に悪名を轟《とどろ》かせた八木沼玄蕃《やぎぬまげんば》なる巨漢侍だった。

四尺の斬馬刀《ざんばとう》を軽々と振りまわし、狙った相手の首を根こそぎ刈るのだという。

「侮《あなど》るな、手強《てごわ》い相手ぞ」

荒山の指図を守り、百人を超える配下らは水際だった動きをみせた。

段取りとしては、岡場所全体を二重に固め、まずは少人数の抜刀隊が斬りこみをはかる。抜刀隊が浪人を斬るか傷を負わせ、網から漏れた連中を後方の者たちが捕縛する。決め事があるとすれば、ひとり残さず斬るか捕まえるかすることくらいで、策と言えるものは何もなかった。

大岩組は後方支援にまわり、大岩本人は留守を預かっているので、指揮は筆頭与力の入江が執る。

求馬はひとりだけ呼ばれ、抜刀隊で手柄をあげてこいと送りだされた。

名誉なはなしだが、どのような悪人であっても、人を斬るのは気が引ける。

人を斬ったことのない者にとって、越えねばならぬ壁は高すぎた。

それでも、死にたくなければ、心を鬼にしなければならない。

——仏心をみせれば、おのれがほとけになると胆に銘じておけ。

伝右衛門のことばが耳に甦ってくる。

相手は兇悪な浪人どもにほかならぬ。

今は鬼にならねばならぬ場面だと、みずからに言い聞かせた。

抜刀隊に足を向けると、眸子を血走らせた石動が待ちかまえていた。

「伊吹、久方ぶりだな」

「ああ」

「板の間では負けても、修羅場では負けぬ。まあ、せいぜい気張ることだ。味方に背中を斬られぬように、気を付けるがよい。ぬへへ」

石動は下卑《げび》た笑いを残し、持ち場へ戻っていく。

抜刀隊の指揮を執るのは、筆頭与力の沢地であった。
荒山と何やら深刻な顔で打ち合わせをしている。
ともあれ、求馬は指図を待つしかなかった。
東の空は明け初《そ》め、雀の囀《さえず》りが聞こえてくる。
五人ずつ六組に分かれた抜刀隊は、各々の狙う女郎屋へと迫った。
求馬が配された組の小頭は、樋口《ひぐち》という姓の狸《たぬき》に似た顔の男だ。
「天竜寺《てんりゅうじ》の鐘が合図じゃ。一斉に踏みこむゆえ、抜かるなよ」
捕り方の装束は渋柿色の筒袖に手甲脚絆《きゃはん》、額には鎖鉢巻きを締めている。
腰帯に十手はなく、差してあるのは研ぎすまされた大小だけだ。
――ごおん。
目と鼻のさきに建つ天竜寺の時鐘が荘厳に響きはじめる。
明け六つ（午前六時）、襲撃は唐突にはじまった。
――どん。
先頭の者が杵《きね》で板戸を叩き壊し、抜刀隊の面々が我先に殺到する。
求馬は助っ人ゆえ、殿《しんがり》に従《つ》いた。
「おったぞ、ぬわっ」

すぐさま剣戟がはじまり、半裸の女郎たちが悲鳴をあげながら外へ飛びだしてくる。

建物の内から金音《かなおと》や断末魔《だんまつま》の叫びが聞こえてきたので、求馬も踏みこもうとした。

すると、小頭の樋口が蹌踉《よろ》めきながら出てくる。

何と、左腕を失っていた。

「退けっ」

髭面《ひげづら》の浪人が後ろからあらわれ、樋口を乱暴に蹴倒す。

右手に提げた刀からは、夥《おびただ》しい血が滴《したた》っていた。

四人もの捕り方を、ひとりで斬ったのだろうか。

それとも、最後に生き残ったひとりなのか。

「おのれ」

求馬は撞木足に構え、刀を抜きはなった。

宝刀の国光、白刃の輝きが尋常ではない。

浪人は眩《まぶ》しげに目を細め、無造作に近づいてきた。

「木っ端役人め、死にさらせ」

刀を右八相に構え、鋭い気合いを入れる。

「きえっ」

一瞬早く、求馬の国光が相手の額を割った。

「うっ」

浪人はくずおれ、起きあがる気配もない。

だが、死んではいなかった。

額を斬る寸前、刃を峰に返したのだ。

「誰か、誰か」

後方の捕り方を呼びつけ、縄を打たせる。

そうしているあいだにも、岡場所は修羅場と化していった。

捕り方は多くの犠牲者を出し、筆頭与力の沢地までが斬り死にしたらしかった。

抜刀隊の数より、浪人どものほうが多い。

あきらかに、敵の数を見誤っていた。

荒くれ者どもの一部は岡場所から逃れ、後方の人垣をも突破し、問屋場《といやば》のなかへ躍りこむ。そして、問屋場に待機していた役人たちを血祭りにあげ、さらに、仲町《なかちょう》から上町《かみちょう》へ颶風《ぐふう》となって宿場を駆けぬけた。

「逃すな、追え」

追分にいたっても、浪人どもの勢いは衰えない。

白刃を林立させ、右手の青梅街道ではなく、左手の甲州街道へ向かう。

先頭に立っている巨漢は、八木沼玄蕃であろう。

担いでいるのは四尺の斬馬刀、ひと振りするだけで近づいた捕り方どもは腰を抜かした。

「あやつだ。首領の首を獲れ」

誰かが叫んでいる。石動だった。

求馬も歯を食いしばり、捕り方をどんどん追いぬいた。

高札場《こうさつば》の分岐点までやってくると、浪人どもは玉川《たまがわ》上水に沿って進み、多聞院《たもんいん》の向こうへまわりこむ。

田畑を越えたさきには、秋元但馬守の下屋敷があった。

偶然であろうか。誰かに指摘されねば気づかなかった。

荒山の命で助っ人を頼むべく、秋元屋敷に使者が走る。

下屋敷の門はしかし、頑なに閉じられたままだった。

「老中ともあろう者が、家来をひとりも出さぬのか」

荒山はぎょろ目を剝き、みなに聞こえるように大声を張りあげる。

芝居がかってみえたが、理由はよくわからない。

あれこれ考えている余裕などなかった。

「ぬわああ」

浪人どもは獣のように叫び、街道を挟んで左手の天神社へ向かっている。

求馬が息を弾ませてたどりつくと、角筈《つのはず》村の村人たちが何やら騒いでいた。

「子どもたちが、子どもたちが……」

天神社には手習い所が設けられ、子どもたちが手習いをしているという。

浪人どもは手習い子を人質にして、社殿に立て籠《こ》もるつもりなのだ。

「さようなまねはさせぬ」

求馬は駆けに駆け、社殿へとつづく石段を上った。

すでに、捕り方の先陣が社殿を取り囲んでいる。

長官の荒山は馬で乗りつけ、軍配の代わりに管槍を翳した。

「掛かれ、浪人どもを成敗せよ」

手習い子の生死などそっちのけで、怒声を張りあげる。

戸惑う捕り方のなかで、石動がまっさきに突出していった。

「ふわああ」

荒山は管槍を振り、捕り方どもの尻を叩く。

「行け、何を躊躇っておる」

「なりませぬ。無闇に突っこんではなりませぬ」

求馬は後方から駆け寄せ、声をかぎりに叫んだ。

それでも、奔流《ほんりゅう》と化した捕り方の動きは止められない。

はたして、子どもたちはどうなってしまうのか。

案じていると、足許がぐらぐら揺れはじめた。

「ぐおっ」

巨漢侍が咆哮《ほうこう》し、社殿の奥から躍りだしてくる。

首領の八木沼玄蕃であった。

斬馬刀を旋回させるや、捕り方たちが弾き飛ばされる。

「あやつを斬れ、斬るのじゃ」

馬上で叫ぶ荒山めがけ、八木沼が突進してきた。

「阻め、誰か阻まぬか」

馬は棹立《さおだ》ちになり、荒山は地べたに振り落とされる。

「観念せい」
八木沼は荒山を足許に捉え、斬馬刀を振りかぶった。
求馬は必死に追いすがり、後ろから背中を斬りつける。
――ばさっ。
浅傷《あさ》《で》を負わせたにすぎない。
八木沼は鬼の形相で振りむいた。
「小僧、死ににまいったか」
大股で近づき、斬馬刀を頭上に翳す。
はっとばかりに、求馬は跳んだ。
眼下に、化物の月代がみえる。
一閃、国光を振りおろした。
――がつっ。
八木沼は白目を剝き、仰向けに倒れてゆく。
塵芥《じんかい》が舞いあがり、捕り方たちは息を吞んだ。
八木沼は死んでいない。
やはり、求馬は刀を峰に返していた。

むっくり立ちあがったのは、荒山勘解由である。

「下郎め」

管槍を握りなおし、八木沼の分厚い胸を貫いた。

「ぐえっ」

串刺しにされた悪党は覚醒し、藻掻《もが》きながら死んでいく。

「それっ」

捕り方どもが殺到し、屍骸を蹴りつけた。

恐怖の裏返しなのか、執拗にみなで蹴りつづける。

「おぬし、名は」

荒山にあらためて問われ、求馬は姓名を告げた。

「伊吹求馬か。ようやった。褒めてつかわす」

偉そうに発した荒山が去ると、社殿のほうから悄然《しょうぜん》とした面持ちの人影が近づいてきた。

石動である。

蒼白な顔で、両手に何かを抱えている。

「……い、石動」

近づいてみれば、それは手習い子の首だった。

石動は足を縺《もつ》れさせ、その場に両膝を屈してしまう。

小さな子どもの首が、参道に転がった。

「おのれ」

求馬は石動に身を寄せ、襟首を摑んで揺さぶる。

「何をみた、言わぬか。社殿のなかで、おぬしは何をみた」

「……こ、子どもらは……ひ、ひとり残らず……こ、殺された」

「おい、しっかりしろ」

「……な、何もかも……あ、荒山のせいだ」

「どういうことだ。おい、石動、石動……」

名を呼んでも、石動敬次郎は顔をあげることもできない。

血腥《ちなまぐさ》い惨状から、求馬は一刻も早く逃げだしたくなった。

三

荒山勘解由はみずからの手柄を焦り、人質に取られた手習い子たちを顧《かえり》みようとしなかった。見殺しにされたのが武士の子弟であったならば、切腹を命じられていたかもしれない。

「百姓の子どもたちだったがゆえに、失態とされなかったのだ」

求馬は口惜しげに吐きすてた。

案の定、世間には盗賊改の手柄しか喧伝《けんでん》されず、人質の手習い子たちが犠牲になった経緯は隠された。

一方、捕り方の指揮を執った沢地伊織は敢えなく斬り死にしてしまった。どういう死に方をしたのか、妙なはなしだが、みた者はひとりもいないという。そして、石動敬次郎がどうしているかはわからない。鬱《ふさ》ぎこんで屋敷に籠もったきりだと聞き、直《じか》に訪ねてもみたが、本人に会うことはできなかった。

派手な捕り物のとばっちりを受けたのは、老中の秋元但馬守であった。荒山が助っ人を頼んだにもかかわらず、下屋敷の番士たちは門を閉ざして応じなかった。老中の家臣にあるまじきおこないだったとして、責を負うかたちになった但馬守は当面のあいだ「登城遠慮」を余儀なくされたのである。

数日後、荒山から求馬に呼びだしが掛かった。

出役の際にあげた手柄を褒めてくれるとのことらしい。

駿河台の屋敷へおもむいてみると、中庭のみえる部屋でしばらく待たされた。満面の笑みであらわれた荒山は上座にでんと座り、求馬をそばに呼んで囁くように言った。

「角筈の天神社で目にしたこと、口外いたすでないぞ」

手習い子たちを見殺しにしたことを言っているのか、それとも、気絶した八木沼玄蕃を管槍で串刺しにした武士らしからぬ行為のことを言っているのか、よくわからぬが、いずれにしろ良心の呵責《かしゃく》が少しはあるのだろう。

「幕閣のお歴々もお喜びでな。御老中の阿部豊後守さまは、わしをつぎの江戸町奉行にしてはどうかと、評定の席で仰せになったらしい。わかるか、持之頭というものはな、遠国奉行や下三奉行を経て、ようやく江戸町奉行になることができる。わしが町奉行になれば、二段飛びの大出世というわけじゃ」

幕閣は長らく老中首座の阿部豊後守に牛耳《ぎゅうじ》られてきたが、このところ、二番手と目される秋元但馬守が清廉さと明晰《めいせき》さを武器に幅を利かせはじめ、両者は陰に日向《ひなた》に張りあっていた。

行事役に徹する柳沢美濃守は別格として、ほかの重臣たちは阿部派と秋元派に分かれて火花を散らし、荒山のような役付きの大身旗本たちにとっては、どちらの派閥に就くかが今後を左右する一大事らしかった。

もちろん、求馬にとっては与《あずか》りしらぬはなしだが、荒山は滔々《とうとう》と喋りつづける。

「こたびのことで、御老中席がひとつ空くやもしれぬ」

あわよくば秋元の空いた席に座ろうと、気の早い若年寄たちが活発な動きをみせはじめているという。

「老中の座を射止めるには、何よりも阿部さまのおぼえをよくしておくことが肝要じゃ。そのためには、誰よりも多く賄賂を贈ること。要は金、金、金というわけじゃ」

賄賂が少なければ、出世はのぞめぬ。あたりまえのはなしだが、いかに若年寄であっても一朝一夕で金の生《な》る木を摑むことは難しかろう。

「ふほほ、何故、さようなはなしをするかわかるか。わしはな、営々と金の生る木を育ててまいった。それがようやく、実を結ぼうとしておる」

金の生る木とは、飛驒甚のことであろう。

荒山はみずからのことばに陶酔《とうすい》し、身を乗り出してきた。

「そこで本題じゃ。伊吹よ、わしの子飼いにならぬか。けっして損はさせぬぞ。

おぬしほどの手練は容易にみつけられぬ。持組におったのが不思議なほどじゃ。のう、わしの子飼いになれば、いくらでもよい目をみさせてやるぞ。さあ、色よい返事をせぬか」

恫喝《どうかつ》する持頭の顔が、醜く歪んでみえた。

悪夢のような申し出を、受けるわけにはいかない。

「いかがした、返事もできぬか。さては、持之頭直々の申し出に驚いておるのじゃな。よし、しばらく考える暇を与えてやろう。おぬしが肚を決めたら、さっそく、とあるお方へ目見得の段取りを取ってつかわす。じつを申せば、手練を探しておられるのはそちらのお方でな。密命に殉じる覚悟のある遣い手を寄こせと、以前から頼まれておったのじゃ」

目見得の相手とは、志乃たちの探す「黒幕」であろうか。

ともあれ、この場は従順なふりをしておいたほうがよさそうだ。

求馬はぎこちなく両手を畳につき、潰れ蛙のように平伏した。

屋敷から外へ出てみれば、物陰に誰かが潜んでいる。

警戒しながら近づくと、志乃が恐い顔で立っていた。

「悪党に取りこまれたのか」

喧嘩口調で質《ただ》され、求馬は怒った。

「んなわけがなかろう。手習い子を見殺しにする持之頭なぞに従いてゆけるか」

「あたりまえだ。子飼いになれと迫られたら、わたしなら刺しちがえておったわ」

志乃は強気に言いきり、暗い顔をする。

「今朝早く、石動敬次郎が腹を切ったぞ」

「えっ」

「おぬし宛てに遺書をしたためておった」

志乃は袖口に手を入れ、紙を一枚取りだした。

猿婆にそれとなく探らせていたので、いち早く知ることができたという。

「知りあいのふりをして訪ねたら、母親からおぬし宛ての遺書を託された」

「勝手に読んだのか」

「ああ、読んだ」

求馬は不機嫌な顔で紙を奪いとった。

——荒山の命により裏切り者の沢地伊織を斬殺いたし候。こたびの浪人狩り、出世をのぞむ荒山勘解由と幕府御用達をのぞむ飛騨甚の仕組みし猿芝居にて候。

紙を持つ手が小刻みに震える。

志乃は淡々と説きはじめた。

「石動は荒山の子飼いだった。されど、見殺しにされた手習い子たちの悲惨な光景に出会《でくわ》し、心を平静に保つことができなくなった。人として失ってはならぬものを、死の間際におもいだしたのであろう」

「人として失ってはならぬもの」

「信義だ。欲に目がくらめば、誰であろうとそれを見失ってしまう」

志乃の真剣な顔を、求馬はまじまじとみつめた。

信義を貫きとおすために命を張っているのか。

だとすれば、尊敬に値すると素直におもった。

「石動敬次郎は、おのれに負けた。心の片隅に信義の熾火《おきび》を燃やしていたからこそ、命を絶つしかなかったのであろうよ。おぬしは石動の遺志を継ぎ、悪辣非道《あくらつひどう》な輩に引導《いんどう》を渡さねばならぬ。ちがうか」

異論はない。うなずいてみせると、志乃はさらりとはなしを変えた。

「こたびの捕り物、藤兵衛のときと似ているとはおもわぬか」

わざと惨状をつくりあげ、盗賊改の手柄を世間に知らしめる。

たしかに、志乃の言うとおりかもしれない。

誰よりも手柄を訴えたかった相手は、公方綱吉にほかならぬ。そう考えれば、目途はなかば達せられたと言うべきであろう。

「何せ、天敵の秋元但馬守を窮地に追いこむことができたのだからな」

秋元但馬守は、荒山たちの天敵なのであろうか。

そうなると、荒山を敵視している志乃や伝右衛門、あるいは室井作兵衛は、秋元側の者ということになる。もちろん、あらためて志乃に問うまでのはなしではなく、心の何処かでわかってはいた。

「秋元但馬守さまは信義のお人じゃ。それを証拠に、幕閣のなかでは唯一、飛驒甚からの賄賂を断った」

それゆえ、敵は秋元の失脚を狙っているのかもしれない。

「やはり、藤兵衛の隠し蔵を探ってみるべきだな」

と、志乃はこぼす。

飛驒甚の悪事をしめす証拠や黒幕に繋がる何かが隠されている公算は大きい。

「されど、肝心の場所がわからぬ」

求馬の困惑を尻目に、志乃は不敵に笑った。

「おぬし、藤兵衛の詠んだ辞世の句を口走っておったな」

「不忠者七里歩いて闇祭」

「それじゃ。江戸から七里歩いて行きつくさきと申せば、甲州街道の府中《ふちゆう》であろう。不忠者の不忠は、府中に掛けたものにちがいない」

なるほど、府中にはくらやみ祭《まつり》というものがあると聞く。端午《たんご》の節句の夜、氏子《うじこ》たちが暗闇のなかで神輿の渡御《とぎよ》をおこなうのである。

「神輿が奉納されるのは、府中の六所明神《ろくしよみようじん》だ」

「六所と申せば、藤兵衛の綽名ではないか」

「隠し蔵は六所明神にきっとあるぞ」

ずっと解けなかった辞世の句の謎を、志乃はあっさり解いてみせる。

藤兵衛は辞世と称し、隠し蔵の在処を暗示させる句を詠んでいたのだ。

「もっと早く気づくべきであったな。今から参るか、府中に」

「よかろう」

隠し蔵の鍵は懐中に携えている。

志乃は不安げに尋ねてきた。

「母上のことはどうする。病で臥せっておられるのであろう」

たしかに心配だが、志乃ひとりに府中行きを託すわけにはいかない。

「こんなこともあろうかと、猿婆に申しつけておいた。母上の看病をしてさしあげるようにとな」

「すまぬ、恩に着る」

内藤新宿から高井戸《たかいど》、布田《ふだ》と経由して、府中までは五里余、今から向かえば日没前にはたどりつけるはずだ。

求馬は志乃と肩を並べ、青葉に彩られた御濠端を歩きはじめた。

四

府中、六所明神。

長い参道をまっすぐに歩き、中雀門を潜ると、由緒ある拝殿は燃えるような夕陽に染まっていた。

六所明神は武蔵《むさし》国の総社、国内に点在する主要な六つの神社を合祀《ごうし》したことから名付けられた。古来より武将たちに信仰され、家康《いえやす》公からも寄進を受けた。真夜中に灯火を消して八基の神輿を渡御《とぎょ》するくらやみ祭は、江戸府内でもよく知られた祭りだったが、灯火を消さねばならぬ由来を知る者は少ない。

「わたしも知らぬ。知りたければ禰宜《ねぎ》に聞け」

あいかわらず、志乃は手厳しい。

道中でも常に先を歩き、求馬は従者のようにあつかわれた。

それでも、嫌な気分にならぬのは、志乃の素直で可愛げな一面を垣間《かいま》見たからかもしれない。

高井戸の宿場で「名物草団子」の幟《のぼり》をみつけ、空きっ腹を鳴らしたあげく、志乃は我慢できずに水茶屋へ飛びこんだ。頬を赤らめながら恥ずかしげに団子を食べ、あまりの美味《おい》しさに「ほっぺたが落ちそう」と微笑んでみせたとき、求馬はつられて微笑んでいる自分に気づかされた。

男髷を結い、どれだけ強がってみせても、所詮《しょせん》は二十歳《はたち》そこそこの娘にすぎぬ。草団子を嬉しがる娘が過酷な役目に身を投じていることに、あらためて驚きを抱かざるを得なかった。

「さあて、隠し蔵は何処じゃ」

盗人が容易にみつけられる蔵を「隠し蔵」と呼ぶはずはない。

藤兵衛が盗んだお宝を隠しているとすれば、山積みにされた千両箱と対面できるのかもしれなかった。
想像しただけで、心《しん》ノ臓《ぞう》が高鳴ってくる。
ふたりは境内を隈《くま》無く探しまわり、神輿を納めておく蔵のまえで足を止めた。
境内の隅に小さめの蔵が並んでおり、いずれも南京錠がぶらさがっている。
「年に一度しか開けぬ蔵か。ふん、怪しいな」
志乃はすでに、確信したかのようであった。
蔵は全部で八つある。神輿が一基ずつ納められているのだろう。
「何をぐずぐずしておる」
求馬は急きたてられ、袂から鍵を取りだした。
尻を叩かれるように、左端から順に鍵穴を験《ため》していく。
嵌《は》まる南京錠はなかなかみつからず、七番目の蔵まで達してしまう。
募る焦りのせいで、毛穴から汗が吹きだしてきた。
最後の蔵に近づき、恐る恐る鍵穴に鍵を突っこむ。
――がちゃっ。
嵌まった。
「やった」

小躍りしながら振りむくと、志乃は顰《しか》め面をする。
「鈍いやつめ。どうしてまっさきに、右端を選ばぬ」
すでに陽は落ち、辺りは薄暗くなってきた。
周囲に人気がないのを確かめ、蔵の戸を開ける。
——ぎぎっ。
石臼《いしうす》を挽《ひ》いたような音がした。
内へ踏みこむと、ひんやりとして黴《かび》臭い。
暗闇でも夜目は利くが、志乃は携えてきた小田原《おだわら》提灯を灯した。
中央に神輿が納められ、奥の天井近くに神棚が設《しつら》えてある。
神輿以外に、めぼしいものは置かれていない。
「千両箱はなさそうだな」
求馬はがっくり肩を落とした。
志乃は神棚に向かい、提灯で上方を照らす。
「何かあるぞ。おい、こっちに来い」
命じられて身を寄せると、肩車をさせられた。
担ぎあげるや、志乃は内腿できゅっと鰓《えら》を締めてくる。

ずっと締めつけたままなので、息が苦しくなってきた。

「おい、腿に力を入れるな。楽にしろ、もっと楽に」

「こうか」

すっと力が抜け、ようやく息が楽になった。

「ふむ、それでよい。何かあったか」

「ないな……あっ」

きゅっと、志乃がまた締めつけてくる。

息が詰まり、求馬は顔を朱に染めた。

「……ど、どうした」

「神棚の奥に隠し扉があった」

「……そ、それで」

「降ろせ、早く降ろせ」

言われたとおりにすると、志乃が興奮の面持ちで何かを差しだす。

「これが隠してあったぞ」

黒塗りの文筥《ふばこ》だ。蓋のうえには、葵紋が金泥《こんでい》で描かれている。

「徳川宗家《そうけ》の紋ではないな」

志乃は目を細め、葵紋の葉脈《ようみゃく》を数える。

「これは尾張家の紋だぞ」

「蓋の裏書きに由来があるかもしれぬ」

求馬の指摘に顎を引き、志乃は蓋を開けた。

中身は書状のようだ。何枚も重なっている。

蓋の裏書きを読めば、文筥は尾張家から飛驒甚に下賜されたものと判明した。

「今や飛驒甚は尾張家の御用達、文筥のひとつくらいは貰ってもおかしくない」

そして、藤兵衛は飛驒甚のもとから、お宝の文筥を盗んだ。

ただし、注意を払うべきは書状のほうであろう。

「志乃どの、書状の中身は」

「わかっておる」

志乃は書状を一枚開き、さっと目を通した。

「これは借用状だな」

「借用状」

只《ただ》の借用状ではない。文面の最後には立派な花押《かおう》が記されている。

しかも、借用金は少なくても数千両、なかには万単位の額面が記されている書状もあった。

志乃が小鼻を膨らませる。

「これは大名貸の借用状だぞ。ぜんぶで二十枚もある」

金額を合計すれば、二十万両は優に超えていよう。

飛騨甚にとっては、命のつぎに大事なものかもしれない。

何しろ、この借用状を破ってしまえば、借金は無かったことにできるからだ。

「志乃どの、とんでもないものをみつけたな」

「ふむ、二十万両を手にしたのと同じことかもしれぬ」

藤兵衛がいつ、どうやって盗んだかはわからぬが、これらの借用状を使って飛騨甚を強請《ゆす》ろうとしていた公算は大きい。

ただし、飛騨甚は藤兵衛の上をいく悪党だった。

盗人を利用しておのれの店に火を付けさせ、焼け太りを狙うとともに、府内一帯を擾乱《じょうらん》の渦に巻きこもうとしたのだ。

ともあれ、詳細に調べれば、飛騨甚とつきあいのある大名がわかる。

金額の多寡《たか》に応じて、つきあいの濃淡も判明する。

ふたりは蔵から出て、薄暗い参道を歩きはじめた。

逸《はや》る気持ちを抑えつつ、中雀門も大鳥居も潜りぬける。

どんどん歩いていくと、多摩川の土手に突きあたった。

眼下に広がる河原は、古戦場の分倍河原《ぶばいがわら》であろう。

――ごおおお。

耳を澄ませば、地鳴りのような声音が聞こえてきた。

雑兵《ぞうひょう》たちの阿鼻叫喚《あびきようかん》であろうか。

分倍河原は、新田義貞《につたよしさだ》の軍勢が鎌倉《かまくら》幕府の軍勢と干戈《かんか》を交えた地だ。

「妙だな」

志乃は小首をかしげた。

借用状を調べてみると、御三家の殿さまや幕閣に列する錚々《そうそう》たる諸大名の名が見受けられる。ところが、突出して借入金の額が多いのは、尾張や紀伊《きい》の殿さまでも老中たちでもなかった。

「これをみよ」

借用状を一枚手渡された。

「貸付金は三万両か、豪儀《ごうぎ》だな」

「借りた大名の名をみろ」

「吉倉河内守さまか」

志乃は顔を顰め、溜息を吐いた。

「おぬしも知るとおり、吉倉河内守さまは番方の差配役にして、唯一、秋元但馬守さまが信をおくお方でもあられる。よもや、河内守さまが裏切ることはあるまい。何せ、但馬守さまのご推挙によって、昨年、若年寄に抜擢されたのだからな」

評定ではことごとく、秋元但馬守の側に就いてきた。対抗する阿部豊後守の派閥からも、吉倉は敵視されてきた。いわば、秋元の右腕ともいうべき吉倉河内守が、驚くべきことに、飛騨甚に三万両もの大金を融通させていたのである。

荒山の言った「とあるお方」とは、吉倉のことなのだろうか。

「河内守さまの裏切りだけは信じられぬ……」

志乃もどうやら、吉倉の温和な顔を思い浮かべたようだった。

「……河内守さまが黒幕なら、一刻も早く、作爺……いえ、室井さまにお知らせしなければならぬ」

すかさず、求馬は問うた。

「室井さまは、秋元但馬守さまに仕えておられるのか」

何を今さらという顔で、志乃は面倒臭そうに応じた。

室井作兵衛は秋元家の御留守居《おるすい》にして、知恵袋なのだという。

「さきの浪人狩りで、誰よりも痛手を蒙《こうむ》ったお方さ」

「なるほど、秋元家の事情に詳しい者でなければ、知恵袋を窮地《きゅうち》に陥れるほどの策は講じられぬ。やはり、吉倉河内守が黒幕に相違なかろう。恩義のある秋元さまに代わって老中になろうとしておるのだ」

野心をひた隠し、右腕のふりをしてきたとも考えられる。

志乃は首を横に振った。

「さような大それたはなし、室井さまとて、おいそれと信じぬであろうよ」

たしかに、借用状だけでは黒幕の存在を証明できそうにない。

「ならば、飛驒甚にでも聞いてみるしかあるまい」

求馬が吐きすてると、志乃も意を決したようにうなずく。

分倍河原の地鳴りは収まるどころか、次第に大きくなっていった。

「地震《ない》が来るやも」

志乃の言ったとおり、突如、足許がぐらつきはじめる。

五

「恐い」

志乃は叫び、抱きついてきた。

地震はすぐに収まり、ふたりはきまりわるそうに身を離す。

それからしばらくは口もきかず、足早に街道を戻っていった。

布田、高井戸、幡ケ谷《はたがや》と宿場や町を通過するたびに、足は重くなっていく。

真夜中過ぎに昇る月は、眠ったような細い月だ。

月明かりは心細く、求馬の気持ちは乱れている。

少しも休まずに四谷大木戸までたどりつくと、どうしたわけか、猿婆が待ちかまえていた。

いったい、どうしたというのか。

胸騒ぎを抑えきれずにいると、猿婆が真剣な顔を向けてくる。

「伊吹さま、母上さまがご危篤《きとく》に」

「えっ」

「今からなら、まだ間に合いましょう」
何に間に合うというのだ。
まさか、死に目に間に合うとでも言いたいのか。
食ってかかろうとすると、猿婆は背を向けて大木戸の脇戸を開けた。
「さあ、こちらから、お急ぎになられませ」
脇戸を潜り、脱兎のごとく駆けだした。
すぐさま、息があがってくる。
胸が詰まり、苦しかった。
隣を併走する志乃は何も言わない。
ただ、正面をみつめて走るだけだ。
後ろにぴたりと従く猿婆が、志乃に竹筒を手渡す。
志乃は竹筒の水を呑まず、こちらに手渡そうとした。
求馬は譲られた竹筒をかたむけ、渇いた喉に水を流しこむ。
竹筒を返す瞬間、志乃の目が潤んでいるのに気づいた。
ぐっと、涙が込みあげてくる。
我慢しながら駆けつづけると、嗚咽《おえつ》が漏れてきた。

多恵がこうなることは、数日前からわかっていたのだ。
覚悟はしていたものの、おもっていたよりも早かった。
もちろん、人には寿命がある。
わかってはいても、受けいれたくはない。
どこをどう駆けたのか、おぼえていなかった。
猿婆が先導役となり、気づいてみれば神田川を小舟で漕ぎすすんでいる。
船頭が棹を差すたびに、川面に映る糸のような月が縮んだり伸びたりした。
水道橋《すいどう》のさきで陸にあがり、暗い露地をいくつも曲がる。
襤褸布《ぼろぬの》のようなありさまで、ようやく見慣れた組屋敷へたどりついた。
粗末な冠木門を潜って屋敷に駆けこむと、水田や丈太郎や咲希のすがたがある。
ただならぬ様子に気づき、集まってくれたのだ。
「母上」
求馬は叫び、部屋に飛びこむ。
朝家を出たときと同様、多恵は褥《しとね》のうえに寝ていた。
蒼白な顔で目を瞑ったまま、死んだように眠っている。
「よう戻ったな」

水田はうなずくだけで、丈太郎も咲希も目を泣き腫《は》らしていた。

褥のそばに座って顔を近づけると、か細い息遣いが聞こえてくる。

求馬はほっと安堵の溜息を吐き、骨張った母の手を握りしめた。

「あっ、気づかれた」

多恵が静かに目を開けたので、みなは驚いた顔をする。

「母上、ただいま戻りました」

「わかっております、求馬よ」

「……は、はい」

しっかりした口調に、求馬はたじろいだ。

多恵は少し顔をかたむけ、こちらをみる。

「お役目は、果たしたのか」

「……い、いえ」

「早く、果たしなされ」

「はい」

「おのれの信じた道を歩みなされ」

淀みなく言いきり、多恵は目を閉じた。

「母上……」

呼びかけても、返事はない。

すでに、息絶えていた。

こんなにも、あっさり逝ってしまうものなのか。

不思議と、涙は出てこない。

死を受けいれていないからだろう。

水田はがっくり項垂《うなだ》れる。

丈太郎と咲希の啜り泣きが聞こえてきた。

求馬は立ちあがり、ふらふらと外へ出ていく。

冠木門の脇に、志乃が立っていた。

求馬は正面に立ち、深々と頭を垂れた。

「母は身罷《みまか》りました。猿婆にも御礼を」

「承知した」

志乃はうなずき、辛そうにつづけた。

「室井さまは、すべてわかっておられたようでな、猿婆に密命を託されておった」

「密命」

「聞かずともよいぞ」

求馬は真っ赤な目で懇願する。

「教えてほしい」

「よいのか。聞いたら、あとには引けぬぞ」

「よい」

「ならば、教えよう」

志乃は一拍間を置き、表情も変えずに言った。

「飛騨甚と荒山勘解由、それから、成瀬家中老の姫野監物は今、吉原の扇屋におる。三人を始末せよとの御命だ」

志乃は溜息を吐き、ひとこと添えた。

「聞かなかったことにしてもよいぞ」

求馬に迷いはない。

「まいろう。お役目を果たさねばならぬ」

「それは母御のご遺志か」

求馬はうなずきもせず、志乃を促した。

死ぬことなど、少しも恐ろしいとはおもわない。

今の自分ならば、悪党を斬ることも厭わぬであろう。

国光に血を吸わせることになっても、ひとつも後悔はすまい。

求馬は多恵の死と引換に、刺客となる運命を受けいれていた。

六

めざすは吉原江戸町一丁目の扇屋だが、廓への唯一の出入口である大門は固く閉じられたままだ。かりに門を抜けられたとしても、町奉行所の隠密廻りや四郎《しろ》兵衛《べえ》会所の連中が目を光らせている。

「どうする」

今戸から日本堤をたどるあいだ、いくら尋ねても志乃はこたえてくれず、黙々とさきを急いだ。

途中の編笠茶屋から衣紋坂へは向かわず、左手の坂を下りて田圃の畦道を進む。

梅雨《つゆ》の到来とともに蛙が一斉に鳴きだす一帯も、今はしんと静まりかえっていた。

吉原は廓ゆえに、高い黒塀で四方を囲われている。

こちらに面しているのは、東側の塀であった。

誰かが、枯れ木のような白い手を振っている。

「あそこへ」

志乃に導かれて向かうと、猿婆が待っていた。

塀の一部を押せば、細長く切り取られている。

難なく穴を抜けた途端、悪臭に鼻を衝かれた。

眼下に流れるのは、羅生門河岸のお歯黒溝だ。

猿婆がやったのか、丸木が一本渡してある。

まずは志乃が渡り、求馬と猿婆がつづいた。

夜も更けたので、辺りは深閑《しんかん》としている。

厚化粧の女郎がひとり、切見世から出てきた。

屈んで小便をしはじめたが、こちらには目もくれない。

「さあ、まいろう」

露地裏《つら》を通って仲之町へ出ると、往来の人影は消え、引手茶屋の軒行燈だけが点々と列なっている。

客たちはみな、贔屓《ひいき》にする五丁町《ごちようまち》の籬内《まがきうち》へ消えてしまったのだろう。

――ずりっ、ずりっ。

見廻りの鉄棒《かなぼう》引きがやってくる。

三人は物陰に身を隠し、図体の大きい鉄棒引きをやり過ごした。

扇屋の間取りはほとんど忘れていたので、猿婆の先導がなければ勝手口まで行き着けなかった。

猿婆は事前に忍びこんでいたらしく、何処からか弓矢を携えてくる。

もちろん、使うのは志乃であった。

「わたしがまず遠くから射掛ける。おぬしは的に近づいて止《とど》めを刺せ」

「……わ、わかった」

三人は勝手口から忍びこみ、客の部屋からもみえる中庭へまわりこむ。

どうやら、特上の客は奥座敷に褥をのべてもらえるらしい。

灯りの消えた部屋もあれば、灯りの点いている部屋もあった。

一階と二階に分かれているのだが、どの部屋に誰がいるのかはわからない。

石灯籠の陰に隠れ、しばらく息を潜めた。

襖がすっと開き、人影がのっそりあらわれる。

奥の部屋だ。厠へ向かうつもりであろう。
志乃に背中を押され、求馬は中腰で廊下に近づいた。
のんびり歩いてきたのは姫野監物、成瀬家の中老である。
——びん。
弦音が静寂を破った。
空を裂いた矢が、姫野のこめかみに刺さる。
反対のこめかみからは、鏃《やじり》が飛びだしていた。
止めを刺すまでもない。
姫野は反動で真横に吹っ飛び、倒れこんだ拍子に襖を破った。
「ひゃっ」
遊女の悲鳴があがる。
褥からむっくり起きあがったのは、その部屋で寝ていた荒山だった。
纏う遊女の襦袢《じゆばん》を脱ぎすて、長押《なげし》に手を伸ばして管槍を取る。
そこへ、求馬が躍りこんだ。
「荒山勘解由、覚悟せよ」
「ふん、下郎め。おぬしなんぞに、わしが斬れるのか」

「やっ」

頭から突っこむと、荒山はすっと褥を引っぱった。

「うわっ」

達磨《だるま》落としの要領で尻餅をつくや、管槍の先端が伸びてくる。

「くっ」

咄嗟に仰け反り、どうにか躱した。

二撃目の突きも避けたが、反撃の糸口は摑めない。

予想以上に荒山は強かった。焦りが身を硬直させる。

「串刺しにしてくれるわ」

斬殺された八木沼玄蕃の顔が脳裏を過《よ》ぎった。

おぬしは終わりだと、死に神が耳許で囁く。

「死ね」

管槍の先端が閃き、求馬は目を瞑った。

ところが、串刺しにされた感覚はない。

「うっ」

目を開けると、荒山は何と首を失っていた。

佇んだ首無し胴から、夥しい血が噴きだしている。

はっとして振りかえれば、志乃が敷居の内に立っていた。

手に提《さ》げているのは、幅広の刃を持つ薙刀《なぎなた》にほかならない。

「矢背家伝来の鬼斬り国綱《くにつな》じゃ」

「えっ」

「飛驒甚は二階におる」

襟首を摑まれ、薙刀の柄で尻を叩かれた。

「行け、猶予はないぞ」

わけもわからず階段を上り、ひとつ目の部屋に飛びこんだ。

誰もいない。

ふっと息を吐き、二番目の部屋に飛びこむ。

今度は、褥のうえで遊女が震えていた。

震えながら、押し入れのほうを指差す。

求馬は大股で近づき、押し入れの戸を開けた。

「ひゃっ、お許しを、命だけは」

一度みれば忘れぬ鮟鱇顔、飛驒屋甚五郎にちがいない。

求馬は脅しあげた。

「黒幕の名を教えろ」

「……い、言えば、助けてくれるのか」

返事はせず、国光を抜いた。

「待て……か、金ならやる。見逃してくれ」

狼狽える鮟鱇顔を、求馬はぐっと睨みつける。

「うなずくだけでいい。黒幕は吉倉河内守か」

飛騨甚はうなずき、求馬は国光を鞘に納める。

命乞いする相手を、殺めるわけにはいかない。

――ばすっ。

鳩尾《みぞおち》に当て身を喰らわせ、重いからだを肩に担いだ。

階段を降りると、志乃が庭の片隅で手招きをしている。

「こっちだ、早く」

廊下の奥から怒鳴り声が聞こえ、大勢の跫音《あしおと》が迫ってきた。

飛騨甚を担いだまま庭に飛び降り、志乃の導きで外へ出るや、求馬は必死の形相で駆けだした。

露地を抜けて仲之町を横切り、どうにか羅生門河岸までたどりつく。

溝の縁では、猿婆が待ちかまえていた。

志乃は足を止め、閻魔顔で振りかえる。

「そやつをどうする気だ」

「えっ」

「溝のさきへは渡せぬぞ」

抗うこともできず、求馬は飛驒甚を地べたに下ろす。

猿婆が身を寄せ、肥えたからだを溝の脇へ引きずっていった。

「始末せよ」

志乃が顎をしゃくると、猿婆はこくっとうなずく。

飛驒甚の後ろにまわり、両手で首を抱えた。

そして、ぐきっと捻る。

手を放すと、悪徳商人の屍骸は溝に落ちていった。

首を明後日の方角に向け、ずぶずぶと沈んでしまう。

飛驒甚にとって、お歯黒溝が三途《さんず》の川になったのだ。

「おぬしは甘い。刺客には向いておらぬ」

志乃は吐きすて、丸太を渡っていった。
猿婆に肩を叩かれ、求馬もあとにつづく。
黒塀を抜けると、空は東雲《しののめ》色に変わっていた。
――くわっ、かあ。
明《あ》け鴉《がらす》の鳴き声を聞きながら、虚しい気持ちで畦道を戻りはじめる。
志乃に言われたとおり、人を殺める刺客には向いていないのかもしれぬ。
とりもなおさず、それは課された役目を果たすことができぬということだ。
役立たずの烙印《らくいん》を捺《お》されれば、二度とお呼びは掛かるまい。
それにしても、志乃は何故にあれだけのことができるのか。
見放されずに済むのならば、頭を垂れて教えを請うしかなかろう。
水の張られた田圃には、打ちひしがれた惨めな自分が映っている。
求馬はぎりっと奥歯を嚙みしめ、遠ざかる志乃の背中を追いかけた。

七

四日後、夜。

吉倉河内守は両翼を失った鶍《はいたか》も同然となったが、猛禽《もうきん》特有の鋭い嘴《くちばし》を失ってはいなかった。

「かならずや、一矢《いっし》報いようとするはずじゃ」

面前で吐きすてるのは、秋元家留守居の室井作兵衛である。

多恵を荼毘《だび》に付して早々、下屋敷へ呼び出しが掛かった。

角筈村にある因縁の御屋敷だ。

暦は皐月《さつき》に替わり、新緑が目に眩しい季節となった。

「亀戸《かめいど》天神の藤も満開とか。されど、藤を愛でる気分にもならぬわい」

期待していたにもかかわらず、いまだ秋元但馬守の謹慎は解けない。大奥にはたらきかけ、綱吉自身の口から「出仕を許す」との言質《げんち》は得られたものの、幕閣を牛耳《ぎゅうじ》る阿部豊後守の顔色を窺い、秋元の復帰を望まぬ重臣は少なくなかった。

「その筆頭が吉倉河内守さまになろうとはな。世も末じゃ」

室井には志乃を通じて、飛騨甚が河内守を黒幕と認めた事実を伝えてあった。六所明神の「隠し蔵」でみつけた借用状もすべて渡してあるので、それをどう使うかは室井の一存で決まる。

「殿がな、河内守の裏切りを信じぬのじゃ」

無役の寄合であったころから目を掛け、無理を承知で若年寄にまで出世させた。懐刀として頼みにしていたし、評定では何度となく助けられたと、秋元は嘆いたらしい。

飛騨甚の借用状をみせても、誰かの策謀かもしれぬとつぶやいたというのだ。

「何よりも信じられぬのは、上様のお命を狙ったことじゃと仰せになった。わしとて、こたえに窮したわ。世継ぎを尾張にせんとして、上様を亡き者にする。いかな底意地の悪い奸臣《かんしん》とて、さような企てをおもいつくものであろうかと、内心では首を捻っておったからな。されど、人の欲とは恐ろしいもの。欲に溺れた者の心情など、臆測のしようもない。吉倉さまは頭が切れるお方ゆえ、平常《ふだん》から施策への不満も抱えておられたのじゃろう。上様さえ亡き者にいたせば、今よりもましな世になると、おもいこんでしまったのやもしれぬ。捕らえて理由を質したとて、明確な回答は得られまい。金や恨みのためにやったことなのか、それとも、おのれなりに徳川家のいやさかを慮《おもんぱか》ってのことなのか、わしにもようわからぬ。あらゆる負の感情が綯《な》い交《ま》ぜになり、善悪の規準が曖昧になってしまったとしか言いようがなかろう。されど、殿はお信じにならぬ」

人とはそう容易く裏切るものなのであろうかと、涙ぐみながら室井に詰めよってきたという。

「信じぬと仰せならば、験させていただけませぬかと、わしは進言申しあげた。まんがいち考え違いであったならば、皺腹《しわばら》を掻っ切ってみせまするいと申しあげたら、ようやくお許しになり、すべてを託すと仰せになったのじゃ」

室井は身を乗りだし、厳しい眸子《まなこ》で睨みつけてくる。

「お許しを得て、すかさず、わしは手を打った。例の借用状を河内守さまのもとへ届けさせたのじゃ。勘のよいお方ゆえ、すぐさま手を打ってくるに相違ない」

おそらくは今宵にも、秋元但馬守のもとへ刺客を送ってくるはずだと、室井は言いきる。

「ご自身に刺客を送られれば、殿も河内守さまの裏切りをお信じになるであろう。そこでじゃ、おぬしには殿の身代わりとなって褥に潜ってもらう。刺客を返り討ちにするのじゃ。無論、送りこまれてくるであろう刺客は尋常な相手ではないぞ。はぐれ忍びの猪狩兵庫之助であろう。猪狩を見事に仕留めてみせれば、おぬしには新たなお役が与えられよう」

室井はことばを切り、小さな目をしょぼつかせる。

「御母堂のこと、残念であったな。御空《みそら》の彼方できっと、おぬしの行く末を案じておられよう。母上のためにも、おぬしはこたびの役目を果たさねばならぬ。機会はただの一度きり、二度目はあるまいぞ」

「はは」

平伏して部屋から退出すると、廊下の片隅に誰かが待ちかまえていた。

公人朝夕人の伝右衛門である。

「助けてもらった礼は言わぬ。従いてまいれ」

黙って背にしたがえば、廊下を何度も曲がり、母屋《おもや》の深奥《しんおう》へ導いていく。

廊下や欄間《らんま》、襖絵の設えなどが、次第に立派なものへと変わっていった。

「さあ、こちらだ」

誘われたのは、格式の高そうな格天井《ごうてんじょう》の部屋だ。

絹地の褥がのべてあり、塗りの枕も置いてある。

「お殿さまの御寝所だ」

「げっ、まことか」

秋元但馬守は上屋敷でなく、下屋敷の何処かに身を隠しているという。

「調べれば、敵にもわかること。今宵、猪狩兵庫之助はこの寝所へ忍びこんでくる、かならずな」

口調が刺々《とげとげ》しいのは、室井の采配に不満を持っているからだろう。

「この役は、わしに下されるはずであった。猪狩には脇腹を刺された恨みもある」

「わしも左肩を斬られたぞ」

「おぬしのほうが傷は浅い」

「自分のほうが恨みは深いというわけか」

「されど、文句は言うまい。これはお役目。わしごときが口を挟む余地はない」

何故、室井作兵衛は、この身に命を下したのであろうか。

「志乃さまが伏して頼んだのさ。理由はわからぬがな」

「志乃さまが……」

何となく、わかるような気がした。

廓の失態を引きずったまま放逐すれば、武士として身を立てることが困難になる。

そんなふうにおもい、室井に直談判してくれたのであろう。

志乃の恩義に報いるためにも、猪狩兵庫之助を討ち漏らすわけにはいかぬ。

「肩の力を抜け。さあ、どれにする」

伝右衛門は黒い布をひろげ、大小の得物《えもの》を並べはじめた。

一尺余りの脇差から長さ九寸五分の短刀、鉄拳や苦無《くない》といった忍具まで、さまざまな得物が揃っている。

「褥に潜り、一瞬で勝負をつけねばならぬ。となれば、二尺以上の刀では長すぎよう。脇差でも長いくらいだ」

「そのとおりだな」

求馬は苦無を選んだ。本来は穴を掘る忍具だが、密着した相手にはもっとも有効な気がしたからだ。

「いざとなれば、刀架けに大小もある。ただし、斬り合いになったら、勝ち目は薄いとおもえ。何しろ、一度斬られておるのだからな」

「おぬしは、どうする」

「志乃さまとともに、お殿さまの防《ふせぎ》だ。刺客がひとりとはかぎらぬ」

「たしかに」

「どっちにしろ、鍵を握るのはおぬしだ。室井さまはどうやら、おぬしをお気に召されたらしい。されど、勘違いするなよ。好き嫌いで任せられるような安直な役目ではないぞ。生きるか死ぬか、ふたつにひとつだ」

「わかっておる」

伝右衛門は笹に包んだ握り飯と、水のはいった竹筒を置いた。

「夜更けまでは、まだ二刻（四時間）ほどある。腹に何か詰めておけ。いざというときに腹の虫が鳴ったら、笑い話にもならぬぞ。それから、部屋から出てはならぬ。小便をしたくなったら、空になった竹筒にしろ」

「おいおい、ずいぶんだな」

「ささやかな抵抗さ。ふふ、さればな」

伝右衛門はひらりと袖を翻し、音も無く消えた。

ひとり残された求馬は、さっそく握り飯を頬張る。

「塩握りか」

けっこう美味い。

使っているのは、赤穂あたりの上等な塩であろうか。

ひょっとしたら、志乃が握ってくれたのかもしれぬ。

想像しただけで、飯が喉を通りづらくなった。

竹筒をかたむけ、水で流しこむ。

古漬けの沢庵も、かりっと齧《かじ》った。

腹ができると、遠慮がちに褥で寝てみる。

「これがお殿さまの褥か」

快適な寝心地だった。

が、罠であることを相手に気取《けど》られてはならぬ。

掛け布団のなかに潜り、殺気を消して刺客を待つのだ。

猪狩と雌雄《しゆう》を決するまえに、死への恐怖と戦わねばならなかった。

外は静かだ。静かすぎて、時が止まってしまったかのようである。

ともあれ、待つしかない。

みずからを明鏡止水の境地に導き、あらゆる雑念を振り払うのだ。

——時時に勤めて払拭せよ。

唐突に、師慈雲の声が聞こえてくる。

何故、おのれは今、ここにいるのか。

何故、人は生き、死んでゆくのか。

おのれが死ねば何も残らず、相手が死ねば業《ごう》を背負うことになる。ならば、死んだほうが楽かもしれぬが、生きたいと願う本能に抗う術はない。

求馬は、褥のうえで座禅を組んだ。

心を空にし、淡々と役目を果たす。
それ以外に難局を乗りきる術はなかろう。
——おのれの信じた道を歩みなされ。
母は今際《いまわ》にそう言った。
今は、おのれに課された役目を果たすしかない。
やがて、雑念が取り払われ、心に平安が訪れる。
求馬は瞑想《めいそう》に耽《ふけ》りつつ、冷徹に自分をみつめていた。
もはや、わずかな風音すらも、聞き逃すことはない。
忍んでくる者が誰であれ、引導を渡すのみだと覚悟を決めた。

八

真夜中、求馬は目を開けた。
何ひとつ迷いはない。表情も別人に変わっている。
すっと立ちあがり、刀架けから形見の法成寺国光を取った。
黒鞘から抜きはなち、刃こぼれひとつない本身《ほんみ》を灯火に翳す。

「おぬしの世話になるやもしれぬ」
国光から目を逸らし、天井と壁をみつめた。
死角となる最適の位置を計り、刀を逆しまに構えるや、ぶすっと畳に突きたてる。
使うかどうかはわからない。
苦無で仕留められなかったときの備えだ。
殿さまの寝所だろうが、遠慮はない。
畳なんぞは張り替えればよいだけだ。
冷静な頭で、敵の動きを予測する。
灯火を消すと、褥に潜りこんだ。
今から、殿さまになりきらねばならぬ。
静かに目を瞑り、軽く寝息を立てはじめた。
と、そこへ、何者かが忍びこんでくる。
求馬は目を薄く開けつつも、寝息を立てたままでいた。
あきらかに、相手は忍びだ。
畳を滑るように近づいてくる。

求馬は掛け布団のなかに潜っていた。
忍びは枕元に身を寄せ、わずかに戸惑っている。
本物かどうかを確かめるべく、掛け布団の縁に手を掛けた。
捲ったときが、最大の好機だ。
それでも、求馬の寝息は乱れない。
すっと、布団が捲られた。
刹那、苦無の先端が閃く。
——がつっ。
手応えは浅い。
鎖帷子に阻まれたのだ。
忍びはふわっと、後方へ飛び退く。
すかさず、求馬は苦無を投げた。
——ばさっ。
忍びが畳に落ちる。
「ぬうっ」
苦無は腿に刺さっていた。

忍びは逃げるのをあきらめ、じっと身構える。

求馬は褥のうえに起きあがっていた。

たがいに夜目が利く。

相手の顔も動きもわかった。

「猪狩兵庫之助だな」

「おぬしは、伊吹求馬か。ふっ、情けない。死に損ないの若造に不覚を取るとはな」

「逃れられぬぞ」

求馬は喋りながら、ちらりと床の間をみた。

床の間には、刀架けがある。

躙《にじ》り寄ると、猪狩に阻まれた。

「ふふ、丸腰のおぬしに何ができる。忍びを嘗めるなよ。すりゃっ」

忍び刀の先端が、ぐんと鼻先に伸びてくる。

だが、腿を痛めているので、太刀行《たちゆき》は鈍い。

身を反らした勢いのまま、求馬は大きく一歩退がった。

背後、手の届く畳のうえには、国光が刺さっている。

「死ね」

猪狩は低く構え、頭から突進してきた。

これを待っていたかのように、求馬は後ろに右手を伸ばす。

国光の柄を握った。

「なにっ」

猪狩は踏み留まったが、すでに遅い。

国光の刃が、正面の闇を上下に裂いた。

——ずばっ。

断たれた鎖帷子が、足許に落ちてくる。

「くっ」

猪狩は片膝をついたが、死んではいない。

求馬は国光を八相に構え、上から刺客を見下ろした。

「何故、かような役目に命を懸ける。吉倉河内守への忠義か」

「忠義だと、笑わせるな。忍びが命を懸ける理由はひとつ、金じゃ。飛驒甚はよい金蔓《かねづる》だった。それゆえ、わしは刺客となり、汚れ仕事を担ってやった」

「飛驒甚は死んだぞ」

「わかっておる。おぬしらが殺らねば、わしが殺っておったわ」

「河内守に命じられたのか」

「飛騨甚の替わりはいくらでもおると、あのお方は仰せになった。尾張家の殿さまを神輿に担げば、自分は柳沢吉保になれるとも言うておったな」

「柳沢吉保さまに……それが、河内守の望みなのか」

「知らぬわ。そんなことはどうでもよい。子飼いになれば、好きなだけ金はくれてやると言われたのじゃ。ならば、仕えぬ手はあるまい」

「屑《くず》め」

「おぬしはどうなのじゃ。落ち目の老中に忠誠でも誓ったのか。ふん、御家人の番士づれにしてみれば、夢のごとき出世が見込めようからな。されど、出世してどうなる。徳川の幕臣でいるかぎり、死ぬまで貧乏暮らしからは抜けだせぬぞ。剣をもって仕える者は、いずれ襤褸布のように捨てられる。捨てられる覚悟が、おぬしにあるのか。乗り換えるなら、今だぞ」

「言いたいことは、それだけか」

「ふん、せっかく誘ってやったに、靡《なび》かぬか」

靡くはずはない。

猪狩は立ち直り、舌舐めずりしてみせる。

「若造め、まことの修羅場を知るまい。おぬしに、人が斬れるのか」

猪狩は青眼に構え、刀の先端に気を込めた。

「オンアニチマリシエイソワカ、オンアニチマリシエイソワカ……」

聞こえてくるのは摩利支天の真言《しんごん》、大きくなる声に合わせて、刀の先端が膨らみはじめる。

術に掛かったら仕舞いだ。

破敵《はてき》の呪文に惑わされれば、死の淵へ追いこまれるにちがいない。

求馬は瞑目した。

「身は深く与え、太刀は浅く残して、心はいつも懸かりにてあり」

鹿島新當流の剣理を口ずさめば、八風吹けども動ぜぬ巌の身になりかわる。

求馬はおのれの心眼を信じ、肘を高く張った引《いん》の構えを取った。

「やっ」

迷うことなく、一刀目の袈裟懸けを繰りだす。

「えい」

間髪《かんはつ》を容《い》れず、二刀目の逆袈裟を繰りだした。

禰宜《ねぎ》の禊祓《みそぎはら》いに似た動きだが、振りおろす一打一打は岩よりも重い。

「はっ」

三刀目は突き、もしくは水平斬り、相手の動きに応じて変化する。

求馬はしかし、突きも水平斬りも繰りださなかった。

とんと畳を蹴り、中空高く跳躍する。

これが相手の意表を衝いた。

猪狩は手練の忍びゆえ、禊討ちの逆袈裟まではしっかり受けていたのだ。

ところが、天井の闇に吸いこまれた求馬のすがたを一瞬だけ見失った。

「とうっ」

気合いだけが聞こえてくる。

咄嗟に十字に受けを取ったが、猪狩はつぎの瞬間、この世との頸木《くびき》を断たれた。

――ばすっ。

繰りだされた最後の一撃は一刀両断、求馬は忍び刀をふたつに折り、猪狩の額を左右に割っていた。

技名を言えば、鹿島新當流の「滝落とし」となろう。

しかし、技量の冴えが相手を死にいたらしめたのではない。

業を背負うと決めた求馬の悲愴な覚悟が、天に通じたのである。

白刃に滴る血を丹念に拭い、祈るような仕種で鞘に納めた。

今日から国光は、ただ飾るだけの刀ではなくなる。

悪党奸臣を一刀両断にするための道具と化す。

「頼む」

求馬は悲しげにつぶやき、秋元但馬守の寝所をあとにした。

九

数日後。

江戸の空は皐月晴れ、不忍池《しのばずのいけ》の畔《ほとり》には花菖蒲《しょうぶ》が咲き誇っている。

咲希は白無垢《しろむく》を纏い、持筒組の組屋敷を出て池之端の組紐屋へ嫁いでいった。

「弁天さまも微笑んでおられよう」

小頭の水田平内は嬉しそうに言ったが、求馬は少し悲しかった。

商人に身分が変われば、丈太郎や咲希との縁も薄くなろう。幼い頃からいっしょに育ってきた仲なので、余計に別れが辛く感じられたのかもしれない。

若年寄の吉倉河内守は腹を切った。

表向きは病死とされ、幕閣のお歴々は派閥争いに起因する死であろうと臆測したが、切腹の理由を知る者はいなかった。

まことの理由を知る秋元但馬守は、吉倉の死と入れ替わるように出仕を許された。

下屋敷の軒下には、数年前から燕《つばめ》の巣が作られている。

室井作兵衛は巣に戻ってきた燕を眺め、ようやく元の鞘に納まったと、安堵の溜息を吐いたらしかった。

教えてくれたのは、伝右衛門である。

公方綱吉の尿筒持ちが、どうして秋元家に仕えているのか、理由はわからない。

もっとわからぬのは、矢背家の女当主である志乃のことだ。

何故、室井から密命を課されることになったのか、そのあたりの経緯を是非とも知りたいと、求馬はおもった。

下された密命を果たしたにもかかわらず、秋元家からは何の音沙汰もない。

室井は新たな役目を与えると言ったが、空手形であったのか。

それならそれでかまわぬが、未練がないと言えば嘘になる。

志乃には、人として失ってはならぬものが信義だと説かれた。

命を賭した役目に就くことこそが、おのれの望む道かもしれない。

明確に言いきることはできぬが、そんなふうに今はおもう。

「伊吹、屋台で一杯どうだ」

水田に誘われ、池之端の一角へ足を向けた。

流していたのは蕎麦屋の屋台で、穴子《あなご》の蒸し焼きを出してくれるという。

「ありがたい」

水田は嬉々《きき》として注文した。

旬の穴子はふんわりと甘く、温《ぬる》い燗酒《かんざけ》との相性も抜群だった。

仕上げに十六文の掛け蕎麦を啜り、満足顔で目抜き通りを闊歩《かっぽ》する。

なだらかな坂道の向こうを見上げれば、誰かが手を振りながら下りてきた。

「おうい、おうい」

「あれは、入江さまだぞ」

水田が言った。

組下の連中から「鯔」の綽名で呼ばれる筆頭与力が、泡を食ったような顔で近づいてくる。

「伊吹、御城からお迎えの御駕籠がまいっておるぞ」

「えっ」

「御老中のお指図だそうじゃ。唐丸《とうまる》駕籠ではないようじゃが、おぬし、何かやらかしたのか」

「いいえ」

否定しつつも、自然に笑みがこぼれてくる。

室井作兵衛は、きちんと約束を守ったのだ。

目の前には、なだらかな坂道がつづいている。

求馬は身を屈め、おもいきり土を蹴りあげた。

幼い頃から、上り坂をみると駆けだしたくなる。

組屋敷へとつづく坂道は、何度となく駆けた道だった。

穏やかな日差しを浴びた町並みが、鮮やかに煌めいてみえる。

吹きよせる薫風《くんぷう》を吸いこめば、自然と足は軽やかになった。

坂道の向こうに何があるのか、今はよくわからない。

だが、ともかくも、脇目を振らずに駆けぬけてみようと、求馬はおもった。

解説

細谷《ほそや》正充《まさみつ》
（文芸評論家）

祝！　十周年!!

と、祝いの言葉から始めよう。なぜなら光文社文庫から刊行された、坂岡真の「鬼役」シリーズが、今年（二〇二一年）で十周年を迎えたのである。せっかくの目出度い話なので、もう少し詳しく述べてみたい。

もともと「鬼役」シリーズは、学研M文庫で始まった。二〇〇五年の『鬼役　矢背蔵人介　春の修羅』を皮切りに五冊を出版。しかしこのときは、あまり評判にならなかった。そんな「鬼役　矢背蔵人介」シリーズの持つポテンシャルに注目したのが光文社文庫だ。シリーズ名を「鬼役」に改め、二〇一二年より既刊五冊に書き下ろし二冊を加え、七カ月連続刊行という大勝負に打って出た。これが見事に当たり、「鬼役」シリーズはヒット。現在までに三十一冊（その他に外伝一冊）という、長期シリーズに発展し、ついに十周年となったのである。シリーズの一愛読者として、心の底から喜びたい。

そんな「鬼役」シリーズの前日譚が誕生した。本書『番士　鬼役伝』である。作者のファンならば、迷うことなく読むことだろう。もちろん、「鬼役」シリーズを知らない人でも大丈夫。独立した作品として楽しむことが可能だ。そして、ふたつの作品の繋がりに興味を覚えたなら、「鬼役」シリーズに手を伸ばせばいいのである。

ここまで書いたのだから、「鬼役」シリーズについて説明しておこう。主人公は矢背《やせ》蔵人介《くらんどのすけ》。鬼役と呼ばれる将軍家のお毒味役だ。その裏で、幕閣の不正を断つ暗殺役も務めている。表の役目も裏の役目も危険だらけという設定が秀逸《しゅういつ》だ。そして、さまざまな危機を乗り越え悪党どもを田宮《たみや》流抜刀術で斬り捨てる、蔵人介の活躍が痛快なのである。

さらに蔵人介を取り巻く、脇役の魅力も見逃せない。蔵人介の養母の志乃《しの》は薙刀《なぎなた》の達人。しかも洛北《らくほく》の八瀬《やせ》出身（時代小説ではお馴染みの八瀬童子《どうじ》）である。蔵人介の妻の幸恵《ゆきえ》は弓の達人。御徒目付《おかちめつけ》の綾辻《あやつじ》家から嫁いできて、一子の鐵太郎《てつたろう》をもうけた。その鐵太郎は剣の腕はからっきしで、現在は大坂で蘭学の修業中。

また、御納戸《おなんど》払方《はらいかた》の卯木《うつき》家三男の卯三郎《うさぶろう》が、わけあって矢背家の養子になっている。

という一家の他にも、矢背家の用人で柳剛《りゅうごう》流の達人の串部《くしべ》六郎太《ろくろうた》、幸恵の弟で柔術と捕縄術に長《た》けている綾辻市之進《いちのしん》、将軍の尿筒《しとづつ》持ち役である公人朝夕人《くにんちょうじゃくにん》であり、将軍を守る最後の砦である土田伝右衛門《つちだでんえもん》などがいる。彼らも矢背ファミリーの一員であり、シリーズをさらに盛り上げる存在となっているのだ。

さて、「鬼役」シリーズを知らずに本書を手にした人は、以上のことを頭の片隅にでも留めておいてほしい。必ず、あっと思うシーンがあるからだ。しかし物語が始まってしばらくは、「鬼役」シリーズとの繫がりは見えてこない。なにしろ前日譚といっても、百年以上も前の元禄十六（一七〇三）年から、ドラマの幕は上がるのだ。

主人公の伊吹求馬《いぶきもとめ》は、千代田城の城門を守る番士――持筒《もちづつ》組の同心だ。五代将軍綱吉《つなよし》の発した生類憐《しょうるいあわれ》みの令《れい》により、父親が無意味な切腹をしたことから、綱吉への恨みを抱いている。また、禅寺の慈雲《じうん》を師とし剣術を学んでいる。かつて慈雲は鹿島《かしま》神社の神官であり、

「それゆえ、求馬が修めた剣術の根っ子は鹿島新當流にあったが、禅と関わりの深い無外流の抜刀術や山伏の金剛杖術などが取りこまれており、誰もまねのできない一風変わった奥義を修得することとなった」

と書かれている。斬り合いの相手や場面に合わせて、変幻自在に変わる求馬の剣が、本書の読みどころのひとつになっているのだ。

そんな求馬が、老中・秋元但馬守《あきもとたじまのかみ》の声掛けによる、剣の選抜試合に参加することになった。持組八組で、上位三人を決めるというのだ。但馬守の狙いは何か。理由は分からないが、自らの腕を試し、出世の糸口になるかもしれない。やる気満々の求馬だが、これを機に、さまざまな騒動にかかわっていくことになるのだった。

選抜試合のチャンバラ・シーンが凄い迫力だが、その他にもエピソードがてんこ盛り。攫《さら》われた親友の妹を救出するために奔走。盗賊改《とうぞくあらため》の手伝いに駆り出されたら、盗賊から隠し蔵の鍵を託される。吉原に行けば、豪商と某藩の家老の、不穏な関係を知ってしまう。六義園《りくぎえん》に下向《げこう》した将軍を守って、刺客と闘う……。とにかく騒動の連続だ。そこに公人朝夕人にして隠密の土田伝右衛門や、正体不明の志乃という女性が絡んでくる。いうまでもなく、「鬼役」シリーズの脇役の先祖だ。というところではっきりしてくるが、求馬こそが鬼役・矢背家の初代となる人物なのだ。そう本書は、初代鬼役の誕生を描いた物語なのだ。

　なお作者が元禄期を舞台にするのは本書が初めてだが、とてもそうは思えないほど、時代相を巧みに使っている。なにしろ物語の冒頭は、赤穂《あこう》四十七士の切腹の話から始まるのだ。しかも後半になると、赤穂藩と縁の深い森《もり》家の話が出てくる。さらに中野《なかの》村にある御犬囲《おいぬかこい》に潜入した求馬が、ＲＰＧのように試練を次々とクリアしていくではないか。元禄という時代が、さまざまな形で表現されているのだ。ここも本書のポイントなのである。

　ところで本書の位置づけを考える上で、改めて注目したいのが、二〇一六年刊行の『鬼役外伝』だ。志乃・鐵太郎・綾辻市之進・土田伝右衛門など、「鬼役」シリーズの脇役六人を主役にした短篇集である。脇役のキャラクターをさらに明確にすることで、「鬼役」シリーズの世界は横に広がっていった。一方、本書は過去を舞台にすることで、「鬼役」シリーズの世界を縦に広げている。この縦横な広がり方が素晴らしい。

　さらに『鬼役外伝』の「あとがき」で作者は、

「主人公を魅力ある人物として際立たせるのはまちがいなく、あらゆる場面に登場する脇役たちだ。なかでも、ともに日常を過ごす家族こそが重要で、家族にまつわる物語はシリーズを読みつづけたい動機付けにもなる。外伝を書きながら、鬼役シリーズはひょっとすると『渡る世間は鬼ばかり』と変わらぬホームドラマなのではないかと気づかされた。鮮血が飛び、悪党は成敗される。それでも、ホームドラマだからこそ、読者から支持を得られているのではあるまいか」

という示唆《しさ》に富む文章を記している。なるほど、たしかに「鬼役」シリーズには、ホームドラマの魅力が横溢《おういつ》している。その点に留意して本書を見るとどうだろう。「鬼役」シリーズとは別角度から、家族を描き出そうとしているように思われる。「鬼役」シリーズの矢背家は、最初から家族として完成されていた。それに対してこちらは、矢背家という家族が作られる過程を、最初から楽しめるようになっているのである。この対比は意図的なものといっていい。

とはいえ求馬と志乃が結ばれ、鬼役・矢背家が誕生するまでには、まだまだたくさんの試練がありそうだ。当然、本書もシリーズ化されるので、求馬の成長を、これからも堪能することができる。何かと大変な時代だからこそ、痛快エンターテインメントに癒《いや》される。人生の楽しみが増えたことに感謝したい。

最後に情報をふたつ。「鬼役」シリーズのコミカライズが、時代劇漫画専門誌「コミック乱ツインズ」で好評連載されていることは、よく知られているだろう。それとは別に、光文社が立ち上げたＷｅｂマンガサイト「ＣＯＭＩＣ熱帯」で、「ひなげし雨竜剣」シリーズのコミカライズの連載が始まったのだ。作画の菊地昭夫は、宮部みゆきの『ぼんくら』、東野圭吾の『疾風ロンド』、近藤史恵の『サクリファイス』などのコミカライズを手掛けており、腕前は折り紙つき。作者のファンなら必読なのである。

もうひとつは、「鬼役」シリーズの最初の五冊に関してだ。もともと学研Ｍ文庫から刊行されたこともあり、その後の光文社文庫から書き下ろされた作品とは、物語の雰囲気が違っている。その齟齬《そご》をなくすため、徹底的に五冊に手を入れ、新装版として刊行するそうだ。本書の執筆もそうだが、そこまで読者のために尽くしてくれるのか。この旺盛なサービス精神が作者にあるかぎり、「鬼役」「鬼役伝」の両シリーズの人気は、これからも続いていくことだろう。

光文社文庫

文庫書下ろし／長編時代小説

番《ばん》士《し》鬼《おに》役《やく》伝《でん》

著者　坂《さか》岡《おか》真《しん》

2021年8月20日　初版1刷発行

発行者　鈴木広和
印刷　萩原印刷
製本　ナショナル製本

発行所　株式会社 光文社
〒112-8011　東京都文京区音羽1-16-6
電話 (03)5395-8149　編集部
8116　書籍販売部
8125　業務部

落丁本·乱丁本は業務部にご連絡くだされば、お取替えいたします。
ISBN978-4-334-79233-6　Printed in Japan

組版　萩原印刷

読みだしたら止まらない!

上田秀人の傑作群

好評発売中

鳳《ほう》雛《すう》の夢

（上）独の章

（中）眼の章

（下）竜の章

神君の遺品　目付　鷹垣隼人正　裏録(一)

錯綜の系譜　目付　鷹垣隼人正　裏録(二)

幻影の天守閣　新装版

夢幻の天守閣

光文社文庫